青鬼《あおおに》

廃校《はいこう》の亡霊《ぼうれい》

noprops《ノプロプス》／原作
黒田研二《くろだけんじ》／著
鈴羅木《すずらぎ》かりん／イラスト

PHP
ジュニアノベル

たけし
南部《なんぶ》小学校《しょうがっこう》の五年生《ごねんせい》。お調子《ちょうし》もので臆病《おくびょう》。
でも、誰《だれ》よりも友達思《ともだちおも》いのイイヤツ。
卓郎《たくろう》
東部《とうぶ》小学校《しょうがっこう》の五年生《ごねんせい》。頭《あたま》の回転《かいてん》が早《はや》く、
決断力《けつだんりょく》と行動力《こうどうりょく》がある。頼《たよ》れる存在《そんざい》。
ひろし
北部《ほくぶ》小学校《しょうがっこう》の五年生《ごねんせい》。小学生《しょうがくせい》とは思《おも》えない、
洞察力《どうさつりょく》と知識《ちしき》がある。謎解《なぞと》きが得意《とくい》。
美香《みか》
東部《とうぶ》小学校《しょうがっこう》の五年生《ごねんせい》。幼《おさな》なじみの卓郎《たくろう》と、
いつも一緒《いっしょ》にいる。運動神経《うんどうしんけい》バツグン。

怪物《かいぶつ》

ブルーベリー色《いろ》の巨人《きょじん》。
人間《にんげん》を見《み》ると襲《おそ》いかかってくる。
どうやって生《う》まれたのか、
どこからやって来《き》たのか、
すべてが謎《なぞ》に包《つつ》まれている。
どうやら犬《いぬ》が苦手《にがて》らしい……？

タケル

ビション・フリーゼという種類《しゅるい》の犬《いぬ》。お父《とう》さんを助《たす》けるために、怪物《かいぶつ》と勇《ゆう》敢《かん》にたたかった。人間《にんげん》の言葉《ことば》をすべて理解《りかい》しているが、バレると面倒《めんどう》なので秘密《ひみつ》にしている。

ジェイルハウス

タケルたちが怪物《かいぶつ》に遭遇《そうぐう》した洋館《ようかん》。現在《げんざい》は卓郎《たくろう》の父親《ちちおや》が管理《かんり》していて、脱出《だっしゅつ》ゲームの舞台《ぶたい》にするべく工事《こうじ》が進《すす》められている。街《まち》外《はず》れにあるので、ふだんは誰《だれ》も近《ちか》づかない。タケルたちが脱出《だっしゅつ》したあと、調査《ちょうさ》が行《おこな》われたが、怪物《かいぶつ》の姿《すがた》はなかったという。

目次《もくじ》

あらすじ

ある夏《なつ》の日《ひ》の夕暮《ゆうぐ》れ、ぼく——タケルは、お調子《ちょうし》もののたけし君《くん》、博識《はくしき》なひろし君《くん》、しっかりものの卓郎君《たくろうくん》、卓郎《たくろう》君《くん》の幼《おさな》なじみの美香《みか》ちゃんたちといっしょに、街外《まちはず》れの洋館《ようかん》・ジェイルハウスに忍《しの》びこむことになったんだ。まさか、恐《おそ》ろしい怪物《かいぶつ》がひそんでいるなんて知《し》らずに……。

洋館《ようかん》に仕掛《しか》けられた「３つの謎《なぞ》」をなんとかクリアしたぼくたちは、怪物《かいぶつ》によって洋館《ようかん》の地下《ちか》に捕《と》らえられていたお父《とう》さんを助《たす》け、命《いのち》からがら全員《ぜんいん》で脱出《だっしゅつ》！　やっと日常《にちじょう》に戻《もど》れると思《おも》ったんだけど……。

1 犬《いぬ》も歩《ある》けば……

痛《いた》いくらいの視線《しせん》を背中《せなか》に感《かん》じ、ぼくはもぞもぞとからだをよじった。

ちらりと目《め》だけを動《うご》かして、視界《しかい》のすみを確認《かくにん》する。芝《しば》の上《うえ》にしゃがみこんだひろし君《くん》がじっとこちらを見《み》つめていた。

その顔《かお》はまったくの無表情《むひょうじょう》で、なにを考《かんが》えているのかさっぱりわからない。

居心地《いごこち》が悪《わる》くなり、ぼくは逃《に》げるように庭《にわ》から移動《いどう》した。開《あ》けっぱなしだった窓《まど》から室内《しつない》にもどり、居間《いま》のソファへと跳《と》び移《うつ》る。

あきらめることなく、ひろし君《くん》もあとを追《お》いかけてきた。ソファの前《まえ》に座《すわ》りこみ、今度《こんど》はコンパクトカメラでぼくの写真《しゃしん》をとり始《はじ》める。

ソファはすぐにねむくなってしまうくらいふかふかだし、お父《とう》さんのにおいが染《し》みついているからとても気《き》に入《い》っているのだけれど、シャッターの音《おと》が気《き》になって全然《ぜんぜん》落《お》ち着《つ》けやしない。

しばらくひとりにしてもらえないかな？

そう口《くち》にしたが、ひろし君《くん》に通《つう》じた様子《ようす》はなかった。

自分《じぶん》でいうのも照《て》れくさいけれど、ひろし君《くん》はぼくのことが気《き》になって仕方《しかた》がないようだ。もともとは、ぼくがビション・フリーゼというめずらしい犬種《けんしゅ》だったから近《ちか》づいてきたのだろう。でも、先週起《せんしゅうお》こったジェイルハウスでの一件以来《いっけんいらい》、ひろし君《くん》はますますぼくに興味《きょうみ》を示《しめ》すようになった。ほぼ毎日《まいにち》、こうしてあきもしないでぼくを観察《かんさつ》し続《つづ》けている。

ぼくだってひろし君《くん》のことは大好《だいす》きだ。ぼくの知《し》らないことをいろいろと知《し》っているし、ときどきおいしいお菓子《かし》をくれるし、なにより、いっしょにジェイルハウスの怪物《かいぶつ》と戦《たたか》った仲間《なかま》だ。

だけど、こうもべったりくっつかれると、さすがにうっとうしくもなるというものだ。

昨日《きのう》も今日《きょう》も朝八時前《あさはちじまえ》にやって来《き》てから、ずっとこの調子《ちょうし》。お父《とう》さんはひろし君《くん》のことを信頼《しんらい》しきっているらしく、玄関《げんかん》のカギを手渡《てわた》してそそくさと仕事《しごと》に出《で》かけてしまった。

だから、ぼくはこの数時間《すうじかん》、ずっとひろし君《くん》とふたりきりである。まったく……かんべんしてほしい。

「おや、雨《あめ》が降《ふ》ってきましたね」

ひろし君《くん》の言葉《ことば》に、ぼくは顔《かお》を上《あ》げた。

今日《きょう》は一日中晴天《いちにちじゅうせいてん》の予報《よほう》だったから、外《そと》に洗《せん》たく物《もの》が干《ほ》しっぱなしだ。

あわてて窓《まど》の外《そと》に目《め》をやる。しかし、空《そら》は先《さき》ほどと変《か》わらず青々《あおあお》としていた。

「だまされましたね」

中指《なかゆび》の先《さき》でメガネのフレームを持《も》ち上《あ》げながら、ひろし君《くん》はわずかにくちびるのはしを曲《ま》げた。たぶん、笑《わら》ったのだろう。彼《かれ》の表情《ひょうじょう》はとても読《よ》みとりにくい。

「怒《おこ》らないでください。ちょっとした冗談《じょうだん》ですから」

ひろし君《くん》が冗談《じょうだん》なんていわないことはよく知《し》っている。ぼくは小《ちい》さくうなって、ひろし君《くん》をにらみつけた。

「やはり、僕《ぼく》の言葉《ことば》がわかっているみたいですね」

メガネの奥《おく》のひとみがきらきらとかがやくのがわかった。

まずい。ぼくはぷいと横《よこ》を向《む》き、無視《むし》を決《き》めこむことにした。

ひろし君《くん》のいうとおり、ぼくは人間《にんげん》の言葉《ことば》を理解《りかい》している。ぼく自身《じしん》、最近《さいきん》まで気《き》づかなかったのだが、ほかの犬《いぬ》たちはどうやらそうではないらしい。

ひろし君《くん》はカンのいい男《おとこ》の子《こ》だ。いつもいっしょにいるお父《とう》さんでさえ、ぼくにそんな能力《のうりょく》があるなんて気《き》づいている様子《ようす》はない。

いや、ぼくがお父《とう》さんの言葉《ことば》をほとんど理解《りかい》していることはわかっているけれど、まさかここまでとは思《おも》っていないのだろう。今《いま》のところ、ぼくのこの力《ちから》に気《き》づいているのはひろし君《くん》だけである。

それまでじりじりとぼくの全身《ぜんしん》に注《そそ》がれていた視線《しせん》が、不意《ふい》に消《き》えたのがわかった。

あれ？　ようやくあきらめてくれたのかな？

気《き》づかれないようにさりげなく、ひろし君《くん》の様子《ようす》を確認《かくにん》する。

ひろし君《くん》はじゅうたんの上《うえ》に、カードを並《なら》べ始《はじ》めた。お父《とう》さんの好《す》きなトランプかと思《おも》ったがそうではない。

カードには桜《さくら》の木《き》の下《した》でおだんごをほおばる女《おんな》の子《こ》や、しかめっ面《つら》で薬《くすり》を飲《の》む男《おとこ》の子《こ》のイラストがえがかれている。右上《みぎうえ》にはひらがなが大《おお》きく一文字《いちもじ》だけ記《しる》されていた。

「タケル君《くん》、これがなにかわかりますか？」

ひろし君《くん》がたずねてくる。ぼくは聞《き》こえないふりをして、大《おお》きなあくびを続《つづ》けて三回《さんかい》した。

「これはいろはかるたの絵札《えふだ》です。ここにえがかれたイラストはそれぞれあることわざを表《あらわ》しています。たとえばこの札《ふだ》――」

そういって、ひろし君《くん》は一枚《いちまい》のカードを拾《ひろ》い上《あ》げた。細長《ほそなが》い棒《ぼう》にぶつかった犬《いぬ》の絵《え》がえがかれている。

「〈犬《いぬ》も歩《ある》けば棒《ぼう》に当《あ》たる〉――じっとしていればよいものを、ついつい出《で》しゃばったばかりに思《おも》わぬ災難《さいなん》にあってしまう、という意味《いみ》のことわざです」

ひろし君《くん》の言葉《ことば》を聞《き》いて、ぼくは不快感《ふかいかん》をあらわにした。

出《で》しゃばったら痛《いた》い目《め》にあう、という教訓《きょうくん》はわからないではない。だけど、それがどうしてこ

のことわざになってしまうのだろう？　ぼくたち犬《いぬ》はただ歩《ある》いただけで出《で》しゃばったことになってしまうのか？　なんだか納得《なっとく》がいかない。

「ああ……ごめんなさい。タケル君《くん》にとってはあまり面白《おもしろ》くないことわざでしたね」

ぼくの心《こころ》を読《よ》みとったのか、ひろし君《くん》はそのカードを引《ひ》っこめながら頭《あたま》を下《さ》げた。

口《くち》では謝《あやま》っているものの、あまり申《もう》し訳《わけ》なさそうな感《かん》じではない。じっとぼくの表情《ひょうじょう》をうかがっている。

もしかしたら、ぼくが本当《ほんとう》に人《ひと》の言葉《ことば》を理解《りかい》するのか確《たし》かめるため、わざとそのカードを選《えら》んだのかもしれない。油断《ゆだん》のならない男《おとこ》の子《こ》だ。

「タケル君《くん》。このかるたを使《つか》って、僕《ぼく》とコミュニケーションをとってもらえないでしょうか？」

ひろし君《くん》のまなざしがするどくなった。なにかをたくらんでいる目《め》だ。ぼくは緊張《きんちょう》して生《なま》つばをごくりとのみこんだ。

「僕《ぼく》の名前《なまえ》はひろしです」

ひろし君《くん》はそういうと、〈ひ〉〈ろ〉〈し〉――自分《じぶん》の名前《なまえ》を構成《こうせい》する文字《もじ》が書《か》かれたカードを、一音一音《いちおんいちおん》口《くち》に出《だ》しながら順番《じゅんばん》に持《も》ち上《あ》げ、テーブルの上《うえ》に置《お》いていった。

「君《きみ》の名前《なまえ》はタケル……た……け……る」

今度《こんど》は〈た〉〈け〉〈る〉のカードをテーブルに並《なら》べる。

「では、僕《ぼく》の質問《しつもん》に答《こた》えてください」

ひろし君《くん》はせきばらいをひとつして、先《さき》を続《つづ》けた。

「君《きみ》のからだに生《は》えている毛《け》は何色《なにいろ》ですか？」

ああ、なるほど。

ようやく、ひろし君《くん》の意図《いと》に気《き》がつく。ぼくは人間《にんげん》の言葉《ことば》を理解《りかい》してはいるけれど、残念《ざんねん》ながらそれをうまく発音《はつおん》することができない。だから、ぼくの意思《いし》を正確《せいかく》にみんなに伝《つた》えることはかなり困難《こんなん》だ。しかし、カードに書《か》かれた文字《もじ》を指差《ゆびさ》せば問題《もんだい》は解決《かいけつ》する。

〈し〉〈ろ〉と順番《じゅんばん》に指《さ》し示《しめ》せば、たぶんひろし君《くん》はメガネがずり落《お》ちるくらいおどろき、そして喜《よろこ》ぶだろう。

ひろし君《くん》の期待《きたい》にこたえることは簡単《かんたん》だ。ひろし君《くん》は文字《もじ》の形《かたち》と発音《はつおん》をぼくに教《おし》えるため、おたがいの名前《なまえ》をゆっくりと読《よ》みあげてくれた。でも、そんなことをしなくたって、ぼくはとっくにひらがなもカタカナも理解《りかい》している。

昔《むかし》、お母《かあ》さんはぼくによく『どろんこハリー』という絵本《えほん》を読《よ》み聞《き》かせてくれた。真《ま》っ黒《くろ》によごれてしまって自分《じぶん》がだれなのか気《き》づかれなくなってしまった犬《いぬ》が、おふろに入《はい》ってもとどおりになるというお話《はなし》だ。シャンプーが大《だい》キライだったぼくをなんとかしたいと考《かんが》えたお母《かあ》さんの作戦《さくせん》だったのだろう。

おふろでピカピカになったハリーが本当《ほんとう》に気持《きも》ちよさそうで、ぼくは何度《なんど》もお母《かあ》さんにこの本《ほん》を読《よ》んでほしいとせがんだ。お母《かあ》さんたちがいないときにはこっそり自分《じぶん》で本《ほん》を開《ひら》いて読《よ》みふけったこともある。結果《けっか》、ぼくは文字《もじ》を覚《おぼ》え、いつの間《ま》にかシャンプーも好《す》きになっていた。

だから、ひろし君《くん》の質問《しつもん》に対《たい》して〈しろ〉と答《こた》えるくらいなんてことはない。なんなら〈じゅんぱく〉と回答《かいとう》することだってできる。

だけど、ぼくはあえてわからないふりをした。いつも冷静《れいせい》なひろし君《くん》が目《め》を見開《みひら》いておどろく顔《かお》も見《み》てみたいけど、それだけではすまないような気《き》がしたのだ。

悲《かな》しいことに、ぼくは犬《いぬ》。人間《にんげん》ではない。見《み》た目《め》もちがうし、言葉《ことば》だって通《つう》じないから、たぶん本当《ほんとう》の友達《ともだち》にはなれない。

犬《いぬ》も歩《ある》けば棒《ぼう》に当《あ》たる。

これは野生《やせい》のカンみたいなもので、はっきりとした理由《りゆう》があるわけではなかったが、もし出《で》しゃばってぼくの能力《のうりょく》がみんなにばれたら、今《いま》の幸《しあわ》せがあっけなくこわれてしまうような——そんな気《き》がしてならなかった。

2 あの日《ひ》の出来事《できごと》

玄関《げんかん》のチャイムがくりかえし鳴《な》りひびく。

訪問者《ほうもんしゃ》はよほどあわてているのか、続《つづ》けてドアを激《はげ》しくノックする音《おと》まで聞《き》こえてきた。

まるで音感《おんかん》ゼロのメンバーばかりを集《あつ》めた楽団《がくだん》みたいだ。やかましくて仕方《しかた》ない。

「……誰《だれ》でしょう？」

鳴《な》りやまないチャイムに、ひろし君《くん》はまゆをひそめた。

ひろし君《くん》はピンとこなかったみたいだが、思《おも》わず舌《した》なめずりをしたくなるほどのおいしそうなにおいをかいで、ぼくは訪問者《ほうもんしゃ》がだれであるかをすぐにさとった。彼《かれ》のお昼《ひる》ごはんはニンニクのたっぷり入《はい》ったチャーハンだったようだ。

テーブルの上《うえ》に並《なら》んだ六枚《ろくまい》のカードの中《なか》には、彼《かれ》の名前《なまえ》のひらがなも混《ま》ざっている。

「どちら様《さま》ですか？」

テーブルと床《ゆか》に散《ち》らばったカードをひとつにまとめて右手《みぎて》に持《も》つと、ひろし君《くん》はインターホンに向《む》かって話《はな》しかけた。

「たたたたたけたけたけ……変《へん》だっ！」

日本語《にほんご》とは思《おも》えないへんてこな返事《へんじ》がもどってくる。

「変《へん》だ変《へん》だ変《へん》だよっ！」

「変《へん》なのはわかっています。どちら様《さま》でしょうか？」

「たけたけたけたけしです。たいへんたいへんたいへんたいへんなんだってば！」

「……大変《たいへん》？」

「きゃ、きゃきゃきゃきゃきゃきゃきゃんぷでふわふわふわふわぼぼぼぼんやりしたまままるいかかかたまりがふわふわふわあれあれあれはひひひひとひとひとだだだだっ！」

インターホンごしではさっぱりわからない。ひとまず彼《かれ》を落《お》ち着《つ》かせなくては。

ぼくは窓《まど》から庭《にわ》に出《で》ると、素早《すばや》く玄関口《げんかんぐち》のほうへ回《まわ》り、ドアの前《まえ》であたふたし続《つづ》ける男《おとこ》の子《こ》――たけし君《くん》の足《あし》にすり寄《よ》った。

「ひっ！」

たけし君《くん》を落《お》ち着《つ》かせようと思《おも》ったのだが、どうやらそれは逆効果《ぎゃくこうか》だったらしい。たけし君《くん》は青《あお》ざめた顔《かお》で五十《ごじっ》センチほど飛《と》び上《あ》がった。

「たたたたすけて！　幽霊《ゆうれい》だっ！」

足《あし》もとを見《み》ればぼくだとわかるはずなのに、臆病《おくびょう》なたけし君《くん》にはそれができなかった。泣《な》きじゃくりながら、再《ふたた》び玄関《げんかん》のドアをどんどんとたたき始《はじ》める。

ドアロックのはずれる音《おと》が聞《き》こえた。ドアのすきまからひろし君《くん》が顔《かお》をのぞかせる。

「おわっ！」

たけし君《くん》は大声《おおごえ》をあげ、その場《ば》に勢《いきお》いよく尻《しり》もちをついた。グギッと腰《こし》のあたりからきみょうな音《おと》がひびく。

大丈夫《だいじょうぶ》？

心配《しんぱい》になって、ぼくはたけし君《くん》の手《て》の甲《こう》をぺろりとなめた。

「ひいっ！」

一体《いったい》、どこからそんな声《こえ》が出《で》るのだろう？　電車《でんしゃ》の警笛《けいてき》みたいな音《おと》を鳴《な》らして、たけし君《くん》は立《た》ち上《あ》がった。勢《いきお》いがつきすぎたのか、ひろし君《くん》が開《あ》けたドアに思《おも》いきり頭《あたま》をぶつける。

今度《こんど》はあまえる子猫《こねこ》みたいな声《こえ》を出《だ》して、その場《ば》にうずくまった。たけし君《くん》はいつでもにぎやかだ。見《み》ていてあきることがない。

「いろはかるたにたとえるなら、まさしくこの絵札《えふだ》ですね」

頭《あたま》を抱《かか》えてうめくたけし君《くん》を見下《みお》ろしつつ、ひろし君《くん》は右手《みぎて》ににぎっていたカードの束《たば》の中《なか》から一枚《いちまい》をとり出《だ》した。大泣《おおな》きしている男《おとこ》の子《こ》に、ハチがおそいかかろうとしているイラストがえがかれている。

「まったく……おどかすなよ」

ようやく痛《いた》みがおさまったのか、たけし君《くん》がゆっくりと立《た》ち上《あ》がった。

「なんでおまえがここにいるわけ？」

赤《あか》くなったおでこをさすりながら、ひろし君《くん》をにらみつける。

「どうしてくれるんだよ？　たんこぶができちまったぞ」

「それはすみません。……僕《ぼく》のせいでしょうか？」

「ああ、そうだ。こっちはオジサンが出《で》てくると思《おも》ってるのに、いきなり青白《あおじろ》い幽霊《ゆうれい》みたいな

顔《かお》がぬぼおっと現《あらわ》れたらびっくりするに決《き》まってるだろ」

ひどいいわれようだが、ひろし君《くん》はまったくなんとも思《おも》っていないようだ。

「そういえば、いろはかるたには〈目《め》の上《うえ》のこぶ〉という札《ふだ》もありましたね」

とトンチンカンな答《こた》えを返《かえ》す。

「で、オジサンはいないの？」

ひろし君《くん》の肩《かた》ごしに家《いえ》の奥《おく》をのぞきこみ、たけし君《くん》はたずねた。

「仕事《しごと》に出《で》かけましたが」

「なんだよ。一大事《いちだいじ》だっていうのに、のんきに仕事《しごと》なんてしてる場合《ばあい》じゃないだろ」

そういって舌打《したう》ちする。

「なにかあったのですか？」

「大変《たいへん》だ、ひろし。オレ、また見《み》ちまったんだよ」

ひろし君《くん》のうでを強《つよ》くつかみ、たけし君《くん》はおびえた表情《ひょうじょう》をうかべた。

「また見《み》た？　なにを？」

その問《と》いかけに、たけし君《くん》ののどが小《ちい》さく動《うご》く。つばをのみこんだのだろう。

「なにを見《み》たのですか？」

なかなか答《こた》えようとしないたけし君《くん》に、ひろし君《くん》は同《おな》じ質問《しつもん》を投《な》げかけた。

「……化《ば》け物《もの》だよ」

かすれた声《こえ》でたけし君《くん》が答《こた》える。

「ジェイルハウスでオレたちをおそってきた青《あお》い化《ば》け物《もの》だ」

ジェイルハウスの青《あお》い化《ば》け物《もの》……。

その言葉《ことば》を耳《みみ》にしたとたん、全身《ぜんしん》の毛《け》が逆立《さかだ》つのがわかった。しっぽが力《ちから》なく垂《た》れ下《さ》がる。

町《まち》の人《ひと》たちからジェイルハウスと呼《よ》ばれている不気味《ぶきみ》な洋館《ようかん》。そこで青《あお》い肌《はだ》を持《も》つ巨人《きょじん》におそわれたのは、今《いま》からちょうど一週間前《いっしゅうかんまえ》のことだ。

いびつな頭《あたま》、顔《かお》の半分《はんぶん》を埋《う》めつくすほどの大《おお》きな目《め》、するどい牙《きば》、異常《いじょう》なほどに盛《も》り上《あ》がった筋肉《きんにく》……この世《よ》の生《い》き物《もの》とは思《おも》えない異様《いよう》な姿《すがた》は、今思《いまおも》い出《だ》してもぞっとする。

幾度《いくど》となく危険《きけん》な目《め》にあいながらも、ぼくたちは力《ちから》を合《あ》わせ、ジェイルハウスからの脱出《だっしゅつ》に成《せい》功《こう》した。あんな恐《おそ》ろしい体験《たいけん》はもう二度《にど》としたくない。

「君《きみ》はもしかして寝《ね》ぼけているのですか？」

ひろし君《くん》がたずねる。

「あのあと、建物《たてもの》の中《なか》をすみからすみまで調《しら》べてもらいましたが、結局《けっきょく》なにも見《み》つからなかったでしょう？」

そう――ジェイルハウスから脱出《だっしゅつ》したその日《ひ》に、お父《とう》さんは卓郎君《たくろうくん》のお父《とう》さんに屋敷内《やしきない》で起《お》こった出来事《できごと》をもらすことなく電話《でんわ》で説明《せつめい》した。

卓郎君《たくろうくん》のお父《とう》さんは急《きゅう》きょ帰国《きこく》し、警察官《けいさつかん》立《た》ち会《あ》いのもとで屋敷中《やしきじゅう》をくまなく調《しら》べ回《まわ》ったが、ぼくたちをおそった巨大《きょだい》な生《い》き物《もの》を発見《はっけん》することはできなかったらしい。

これまで空《あ》き家《や》だった屋敷《やしき》にすみついていた猿《さる》が、ぼくたちの出現《しゅつげん》におどろいて逃《に》げていったのだろうと結論《けつろん》づけられ、捜索《そうさく》はあっけなく打《う》ち切《き》られた。

あれは絶対《ぜったい》に猿《さる》なんかじゃない。お父《とう》さんもきっとそう思《おも》ったにちがいないが、身長《しんちょう》二《に》メートルを超《こ》える青《あお》い肌《はだ》の怪物《かいぶつ》の存在《そんざい》なんて、だれも信《しん》じてくれるはずがなく、それ以上反論《いじょうはんろん》することはなかった。

「オレたちをつかまえそこねた化《ば》け物《もの》は、このままでは逆《ぎゃく》に自分《じぶん》がやられると思《おも》ったんだろうな。だから、青《あお》いひとだまになってジェイルハウスから逃《に》げ出《だ》したんだ」

早口《はやくち》でたけし君《くん》が答《こた》える。

「ひろしだって見《み》ただろ？　あの日《ひ》、オレたちがジェイルハウスを脱出《だっしゅつ》したあと、屋敷《やしき》の上《うえ》をふわふわと飛《と》んでいった気味《きみ》の悪《わる》いひとだまを」

ぼくはそのときのことを思《おも》い出《だ》した。

うす暗《ぐら》い地下通路《ちかつうろ》を走《はし》りぬけ、ジェイルハウスの外《そと》へと逃《に》げ出《だ》した直後《ちょくご》——。

まるでぼくたちを祝福《しゅくふく》するみたいに、夜空《よぞら》にはたくさんの流《なが》れ星《ぼし》が飛《と》んでいた。ペルセウス座《ざ》流星群《りゅうせいぐん》だとひろし君《くん》は教《おし》えてくれたが、それがどういうことなのか今《いま》もよくわかっていない。

流《なが》れ星《ぼし》に願《ねが》いごとを三回唱《さんかいとな》えると、その願《ねが》いはかなうらしい。ぼくは今一番望《いまいちばんのぞ》んでいることを流《なが》れ星《ぼし》に向《む》かっていのった。

——ねえ。あれ、なに？

願《ねが》いごとを三回《さんかい》つぶやいて、ほっとしているぼくの横《よこ》で、美香《みか》ちゃんがふるえた声《こえ》を出《だ》した。

美香《みか》ちゃんの視線《しせん》はジェイルハウスの上空《じょうくう》に向《む》けられている。

青白《あおじろ》い球体《きゅうたい》がぼんやりとした光《ひかり》を発《はっ》しながら、宙《ちゅう》にぷかぷかとうかんでいた。

遠《とお》くはなれていたのでよくわからなかったが、もし屋根《やね》のすぐ上《うえ》に存在《そんざい》していたのなら、サッカーボールくらいの大《おお》きさだったのだろう。

最初《さいしょ》は屋根《やね》の上《うえ》に設置《せっち》されたパラボラアンテナがどこかの照明《しょうめい》を反射《はんしゃ》して光《ひか》っているのかと思《おも》った。だけど、強《つよ》い風《かぜ》が吹《ふ》くと、それは風船《ふうせん》みたいにふわふわとたよりなく移動《いどう》を始《はじ》めた。かと思《おも》えば、まるで意思《いし》を持《も》っているかのように、上《うえ》へ下《した》へと一直線《いっちょくせん》に動《うご》いたりもする。

風《かぜ》にあおられた風船《ふうせん》がそんなふうに複雑《ふくざつ》に動《うご》くとは思《おも》えない。鳥《とり》のようにも見《み》えなかった。

ぼくたちはおたがいにひとこともしゃべることなく、その球体《きゅうたい》の行方《ゆくえ》を目《め》で追《お》った。

光《ひかり》の玉《たま》は東《ひがし》の空《そら》へ向《む》かってゆっくりと動《うご》き、そのまま見《み》えなくなってしまった。

お父《とう》さんはＵＦＯ《ユーフォー》だったのかもしれないと首《くび》をひねり、たけし君《くん》はひとだまだ、幽霊《ゆうれい》だとさわいだが、ジェイルハウスをはなれてそれぞれの自宅《じたく》にもどるころには、みんなそんなことはすっかり忘《わす》れてしまっていた。空飛《そらと》ぶ球体《きゅうたい》よりも、屋敷《やしき》で出会《であ》った怪物《かいぶつ》のほうが何百倍《なんびゃくばい》もショッキングだったからだ。

正直《しょうじき》、ぼくもたけし君《くん》の話《はなし》を聞《き》くまで、あの日《ひ》見《み》た光《ひかり》の玉《たま》のことなんてすっかり忘《わす》れていた。

「……あのときの浮遊物体《ふゆうぶったい》がどうかしましたか？」

ひろし君《くん》がたずねる。

「だから、何度《なんど》も説明《せつめい》してるだろ。オレ、また同《おな》じものを見《み》ちゃったんだ」

たけし君《くん》は目《め》を大《おお》きく見開《みひら》き、つばをあたりにまき散《ち》らしながらそう答《こた》えた。

3 キャンプ場《じょう》のひとだま

たけし君《くん》は興奮《こうふん》すればするほど、話《はなし》が長《なが》くなる傾向《けいこう》がある。

ゆうべたけし君《くん》が見《み》たというひとだまの一件《いっけん》も、おととい同《おな》じクラスの友達《ともだち》から借《か》りたマンガが面白《おもしろ》すぎて夜更《よふ》かししてしまったという話《はなし》からなぜか始《はじ》まり、本題《ほんだい》に入《はい》るまで十分以上《じっぷんいじょう》もかかった。

たけし君《くん》の話《はなし》を一言一句《いちごんいっく》そのまま伝《つた》えたら、それだけでこの物語《ものがたり》が終《お》わってしまいそうなので、ここは要点《ようてん》だけをまとめたほうがいいだろう。

昨日《きのう》、たけし君《くん》は両親《りょうしん》といっしょに一泊二日《いっぱくふつか》の家族旅行《かぞくりょこう》に出《で》かけた。

行《い》き先《さき》はぼくたちの住《す》む町《まち》から二十《にじっ》キロほどはなれた場所《ばしょ》にある山《やま》の中《なか》のキャンプ場《じょう》だ。

昼間《ひるま》は川《かわ》で泳《およ》いだり魚《さかな》をつかまえたり、夜《よる》はカレーライスを作《つく》って食《た》べ、河原《かわら》で花火《はなび》を楽《たの》しんだらしい。

夜中《よなか》の二時《にじ》ごろ、たけし君《くん》はテントの中《なか》で目《め》を覚《さ》ました。遊《あそ》び疲《つか》れて夕方三時間《ゆうがたさんじかん》ほどねむりこんでしまったせいで、変《へん》な時間《じかん》に目《め》が覚《さ》めてしまったのだという。

もう一度《いちど》ねむろうとしたが、目《め》はますますさえていく。そのうち、トイレに行《い》きたくなり、たけし君《くん》は両親《りょうしん》に気《き》づかれぬよう、そっとテントをぬけ出《だ》したそうだ。

満天《まんてん》の星《ほし》に、たけし君《くん》は思《おも》わず感動《かんどう》のため息《いき》をもらした。ジェイルハウスで見《み》た夜空《よぞら》もおどろくくらいキレイだったが、それとは比較《ひかく》にならないくらい星《ほし》の数《かず》が多《おお》かったらしい。

キャンプ場《じょう》には外灯《がいとう》が設置《せっち》されている。もし、外灯《がいとう》のない場所《ばしょ》へ行《い》けば、今《いま》よりもっとすごい星空《ほしぞら》が見《み》えるにちがいない。そう考《かんが》えたたけし君《くん》はキャンプ場《じょう》をはなれ、明《あ》かりのない山道《やまみち》へ足《あし》を踏《ふ》み入《い》れた。

すぐにあたりは真《ま》っ暗《くら》になった。のばした手《て》の先《さき》も見《み》えないくらいの闇《やみ》が広《ひろ》がる。懐中電灯《かいちゅうでんとう》を持《も》っていなかったら、たぶんまともに歩《ある》くこともできなかっただろう。

しばらく歩《ある》き続《つづ》けたところで、たけし君《くん》は立《た》ち止《ど》まった。空《そら》の低《ひく》い位置《いち》で、青白《あおじろ》い光《ひかり》の玉《たま》がふわふわとたよりなくただよっている。

先週《せんしゅう》、ジェイルハウスの上空《じょうくう》を飛《と》んでいた球体《きゅうたい》とまったく同《おな》じものだった。

一体《いったい》、あれはなんだろう？

好奇心《こうきしん》をおさえきれず、たけし君《くん》は光《ひかり》の玉《たま》を追《お》いかけた。それは風《かぜ》に吹《ふ》かれて飛《と》んでいるかと思《おも》いきや、突然《とつぜん》スピードを上《あ》げたり、虫《むし》みたいに素早《すばや》く方向《ほうこう》を変《か》えたりしながら、最後《さいご》には古《ふる》ぼけた木造《もくぞう》の建物《たてもの》の前《まえ》で姿《すがた》を消《け》したそうだ。

「……なあ、あれってやっぱりあの化《ば》け物《もの》のタマシイかなにかだよな？」

ひととおり話《はな》し終《お》えたところで、たけし君《くん》はひろし君《くん》のうでをつかみ、助《たす》けを求《もと》めるみたいに前後《ぜんご》にゆすった。

「あいつはきっと、ひとだまに姿《すがた》を変《か》えて、あちこち動《うご》き回《まわ》ることができるんだ」

たけし君《くん》の話《はなし》にはいろいろとツッコミどころがあった。星《ほし》のキレイな場所《ばしょ》を求《もと》めて、外灯《がいとう》のない場所《ばしょ》へひとりきりで出《で》かけたとか、光《ひかり》の玉《たま》のあとを追《お》いかけたとか、そのときのできごとを口《くち》にするだけでおびえた表情《ひょうじょう》をうかべているたけし君《くん》に、そんな大胆《だいたん》な行動《こうどう》がとれたとは思《おも》えない。

ひろし君《くん》もそんなことにはとっくに気《き》づいていたのだろうが、あえて指摘《してき》するようなことはなかった。それがやさしさというものだ。

「ひとだまなどという非科学的《ひかがくてき》なものはこの世《よ》に存在《そんざい》しません」

メガネのフレームを指先《ゆびさき》で持《も》ち上《あ》げ、ひろし君《くん》はいった。

「なにいってるんだ？　おまえだってジェイルハウスで見《み》ただろ？」

たけし君《くん》がムキになって反論《はんろん》する。

「僕《ぼく》が目撃《もくげき》したのは青白《あおじろ》く光《ひか》る球体《きゅうたい》です。でも、それはタマシイなどと呼《よ》ばれるものではありません」

「じゃあ、なんだっていうんだよ？」

「ヤコウタケをご存知《ぞんじ》ですか？」

「ヤコウ……なんだって？」

「ヤコウタケ。自《みずか》ら発光《はっこう》するめずらしいキノコです。あの夜《よる》はときどき強《つよ》い風《かぜ》が吹《ふ》いていました。もしかしたら、あのとき見《み》たものは風《かぜ》に飛《と》ばされたヤコウタケだったのかもしれません」

「…………」

「ほかにも可能性《かのうせい》は考《かんが》えられます。ジェイルハウスのとなりは化学工場《かがくこうじょう》です。工場《こうじょう》から可燃性《かねんせい》の気体《きたい》が漏《も》れ出《だ》し、それに火《ひ》がついたのかもしれません」

「わかった。百歩《ひゃっぽ》ゆずって、ジェイルハウスで見《み》たひとだまの正体《しょうたい》はそうだったとしよう。だけど、オレがキャンプ場《じょう》で見《み》たヤツはちがう。あれは青《あお》い化《ば》け物《もの》の変身《へんしん》した姿《すがた》だ。ゆうべは風《かぜ》なんて吹《ふ》いてなかったし、近《ちか》くに化学工場《かがくこうじょう》もなかったんだからな」

「それについてもかんたんに説明《せつめい》できると思《おも》いますよ」

なんだそんなことかといわんばかりに、ひろし君《くん》はたんたんと答《こた》えた。

「……え？」

「先《さき》ほど、僕《ぼく》がこのドアを開《あ》けたとき、君《きみ》は『助《たす》けて！　幽霊《ゆうれい》だ！』とさけびましたよね？　あれはどういうことだったのでしょう？」

「そうだ！　なんだか足《あし》もとが生暖《なまあたた》かいなと思《おも》ったら、目《め》の前《まえ》に白《しろ》いものが……」

「それが幽霊《ゆうれい》ですか？」

「きっとそうだよ！　キャンプ場《じょう》からついてきちまったんだ！　どどどどうしよう？」

「君《きみ》が幽霊《ゆうれい》だと思《おも》ったものが、後《うし》ろでしっぽをふってますけど」

そういってひろし君《くん》は、それまでたけし君《くん》の後《うし》ろでおとなしく座《すわ》りこんでいたぼくを指《ゆび》差《さ》した。

ぼくのほうをふり返《かえ》ったたけし君《くん》があんぐりと大《おお》きな口《くち》を開《あ》ける。

「え……タケル？」

どうも。おひさしぶりです。

ぼくはぺこりと頭《あたま》を下《さ》げた。

「もしかしてあれ、タケルだったのか？」

はい、そのとおり。

「オレの手《て》をなめたのも？」

はい。おどかしてゴメンなさい。

「こわいこわいと思《おも》っていると、なんでもないものまでこわく見《み》えてしまうものです」

ひろし君《くん》はいった。

「キャンプ場《じょう》でも、なにか別《べつ》のものをひとだまと見《み》まちがえただけなのではありませんか？」

「ばバ、バカにするなよ。オレ、全然《ぜんぜん》こわがってなんていなかったし」

たけし君《くん》はつばを飛《と》ばしながら大声《おおごえ》をあげた。ムキになって否定《ひてい》する姿《すがた》は、すべて事実《じじつ》でございますと認《みと》めてしまっているようなものだ。

「あれは絶対《ぜったい》にひとだまだった。化学工場《かがくこうじょう》からもれ出《だ》したガスだとか、光《ひか》るキノコだとか、そんなもんじゃない。大体《だいたい》、なんだよ？　ヤコウタケって。そんなもの今《いま》まで見《み》たことも聞《き》いたこともないぞ。……それ、食《く》えるのか？　どんな形《かたち》をしてるんだ？　大《おお》きさは？　味《あじ》は？」

「見《み》てみたいですか？」

「近《ちか》くに生《は》えてたりするのか？」

「いえ、残念《ざんねん》ながらこの近《ちか》くで見《み》かけたことはありません」

「なんだよ。ないのかよ」

「だけど、写真《しゃしん》なら見《み》せられますよ。うちの学校《がっこう》の図書室《としょしつ》に行《い》けば、キノコばかりを集《あつ》めた図鑑《ずかん》がありますし、子供《こども》たちが自由《じゆう》に使《つか》ってよいパソコンも置《お》いてあります」

「見《み》たい、見《み》たい。今《いま》から行《い》こうぜ」

なんだか話《はなし》が変《へん》な方向《ほうこう》に進《すす》み始《はじ》めた。

だけど、ひろし君《くん》の興味《きょうみ》がぼくからはなれてくれたのは素直《すなお》にありがたい。訪《たず》ねてきてくれたたけし君《くん》にはひたすら感謝《かんしゃ》だ。

これでゆっくり昼寝《ひるね》ができる。大《おお》きなあくびをしながら、ソファにもどろうとしたそのときだ。

「おまえもいっしょに行《い》くか？」

いきなり、たけし君《くん》がぼくを抱《かか》え上《あ》げた。

え……ぼくは今《いま》から昼寝《ひるね》を……。

首《くび》を横《よこ》にふろうとしたが、

「おまえも光《ひか》るキノコ、見《み》てみたいだろ？　一体《いったい》、どんな味《あじ》なんだろうなあ？」

たけし君《くん》のうっとりした表情《ひょうじょう》を見《み》ていたら、なんだか急《きゅう》にお腹《なか》が空《す》いてきた。

ふたりについていくことを決《き》め、しっぽを左右《さゆう》にぶんぶんとふる。おまえは単純《たんじゅん》な性格《せいかく》だな、とお父《とう》さんによくいわれるが、残念《ざんねん》ながら認《みと》めざるを得《え》ない。

「よし、決《き》まりだ」

たけし君《くん》はにっこり笑《わら》うと、ぼくを自転車《じてんしゃ》のカゴに乗《の》せた。少《すこ》しきゅうくつだったが、底《そこ》にクッションが敷《し》いてあって乗《の》り心地《ごこち》は悪《わる》くない。

「ちょっと待《ま》ってください。オジサンが心配《しんぱい》するといけないのでメッセージを残《のこ》しておきますから」

ひろし君《くん》は持《も》っていたかるたを廊下《ろうか》のすみに置《お》くと、足早《あしばや》に家《いえ》の奥《おく》へともどっていった。

一番上《いちばんうえ》にあった絵札《えふだ》が目《め》に入《はい》る。

太《ふと》い角《つの》を二本《にほん》生《は》やした青鬼《あおおに》の絵《え》がえがかれていた。鬼《おに》はとげのついた金属《きんぞく》の棒《ぼう》をにぎりしめている。

ジェイルハウスで遭遇《そうぐう》した青《あお》い怪物《かいぶつ》のことをまた思《おも》い出《だ》してしまった。わずかに胸《むな》さわぎを覚《おぼ》える。でも、だからといって外出《がいしゅつ》をとりやめようなどとは考《かんが》えなかった。

まさか再《ふたた》び、あの怪物《かいぶつ》に出《で》くわすことになるなんて……このときは夢《ゆめ》にも思《おも》っていなかったのだから。

4 ハルナ先生《せんせい》

ひろし君《くん》の通《かよ》う北部小学校《ほくぶしょうがっこう》は、ぼくのうちから北《きた》に五百《ごひゃく》メートルほど歩《ある》いたところにある。小学校《しょうがっこう》へと続《つづ》く道《みち》には花壇《かだん》が並《なら》び、季節《きせつ》ごとに様々《さまざま》な草花《くさばな》を楽《たの》しむことができた。今《いま》の季節《きせつ》は百日草《ひゃくにちそう》が咲《さ》き乱《みだ》れ、近《ちか》くを通《とお》りかかるといつもあまい蜜《みつ》の香《かお》りがただよってくる。

桜並木《さくらなみき》の小高《こだか》い丘《おか》を登《のぼ》ると、クリーム色《いろ》の校舎《こうしゃ》が見《み》えてきた。ぼくの散歩《さんぽ》コースの途中《とちゅう》にあるので、いつも目《め》にする光景《こうけい》だ。

校庭《こうてい》ではひろし君《くん》たちよりも小《ちい》さな子供《こども》たちが数人《すうにん》、ドッジボールを楽《たの》しんでいた。夏休《なつやす》みだからもっとたくさんの子供《こども》たちが遊《あそ》んでいるのかと思《おも》ったが、そうでもない。まあ、この暑《あつ》さではそれも仕方《しかた》がないだろう。真夏《まなつ》の太陽《たいよう》はじりじりと地面《じめん》をこがし続《つづ》けている。ぼくの家《いえ》から全力《ぜんりょく》で自転車《じてんしゃ》をこいできたたけし君《くん》の顔《かお》は汗《あせ》びっしょりになっていた。

「こちらへどうぞ」

桜《さくら》の木《き》のかげに自転車《じてんしゃ》を停《と》めると、ひろし君《くん》は校舎《こうしゃ》に向《む》かって歩《ある》き始《はじ》めた。たけし君《くん》とちがい、ずいぶんと涼《すず》し気《げ》な顔《かお》をしている。汗《あせ》もまったくかいていないようだ。

「オレ、この学校《がっこう》の生徒《せいと》じゃないけど、勝手《かって》に入《はい》っても大丈夫《だいじょうぶ》なのかな？」

ぼくを抱《だ》きかかえながら、たけし君《くん》がいった。抱《だ》いてくれるのはありがたいが、汗《あせ》でしめっていてちょっと気持《きも》ち悪《わる》い。

「今日《きょう》、午前中《ごぜんちゅう》に出勤《しゅっきん》しているのはおそらく坂木《さかき》ハルナ先生《せんせい》だけです。ハルナ先生《せんせい》は今年《ことし》赴任《ふにん》したばかりで、おそらくまだ全校児童《ぜんこうじどう》の顔《かお》を覚《おぼ》えきっていないはずなので問題《もんだい》ありません」

どの先生《せんせい》がいつ出勤《しゅっきん》するか、すべて把握《はあく》しているなんて、さすがひろし君《くん》だ。舌《した》を巻《ま》かざるを得《え》ない。

「ちなみに図書室《としょしつ》は午前九時《ごぜんくじ》から午後四時《ごごよじ》まで生徒《せいと》のために開放《かいほう》されていますから、勝手《かって》に入《はい》っても怒《おこ》られたりはしません」

説明《せつめい》しながら、ひろし君《くん》は昇降口《しょうこうぐち》へと進《すす》んだ。上《うわ》ばきにはき替《か》え、そそくさと廊下《ろうか》を歩《ある》いていく。たけし君《くん》はその場《ば》にスニーカーを脱《ぬ》ぎ捨《す》て、くつしただけでひろし君《くん》のあとを追《お》いかけた。

「なあ、おい。本当《ほんとう》にいいのか？」

ぼくを抱《だ》いたまま、たけし君《くん》がきょろきょろとあたりを見回《みまわ》す。ずいぶんと落《お》ち着《つ》かない様子《ようす》だ。

「こんなことをしたら、やっぱり怒《おこ》られるんじゃない？」

いつもは図々《ずうずう》しいくせに、変《へん》なところで気《き》が弱《よわ》い。学校《がっこう》はみんなのものだ。べつに悪《わる》いことをしているわけじゃないんだから、もっと堂々《どうどう》としていればいいのに。

「心配《しんぱい》いりません。ほかの学校《がっこう》の児童《じどう》だとばれることはまずありませんから」

こちらをふり返《かえ》ろうともせず、ひろし君《くん》は答《こた》えた。

「オレはかまわないよ。だけど……こいつはいいのか？」

たけし君《くん》の視線《しせん》がうでの中《なか》に注《そそ》がれた。

……え？　ぼく？

ぼくはまばたきをくりかえした。

いわれてみれば、そのとおりだ。たけし君《くん》がずっとおどおどしているものだから、彼《かれ》のことばかり心配《しんぱい》していたけれど、落《お》ち着《つ》いて考《かんが》えてみたら、ぼくのほうがよっぽど部外者《ぶがいしゃ》である。

信《しん》じられないことだけれども、犬《いぬ》が苦手《にがて》だっていう人《ひと》もこの世《よ》の中《なか》には存在《そんざい》するらしい。

お父《とう》さんと出《で》かけるときはたいていどこにでもぴったり寄《よ》りそっていくが、ときどき車《くるま》の中《なか》で留守番《るすばん》をさせられることもある。デパート、スーパー、コンビニ……そういえば、お父《とう》さんがよく立《た》ち寄《よ》る本屋《ほんや》さんもぼくは中《なか》に入《はい》ることができない。ぼくは本《ほん》をながめることが大好《だいす》きなのに、本《ほん》はぼくのことが苦手《にがて》なのだろうか？　なんだか悲《かな》しい気持《きも》ちになってしまう。

もしそれが事実《じじつ》だとしたら、本《ほん》のたくさん置《お》いてある図書室《としょしつ》なんて、入《はい》るのは絶対《ぜったい》に無理《むり》だ。

せっかく光《ひか》るキノコが見《み》られると思《おも》ってここまでやって来《き》たのに……。

あまりの悲《かな》しさに、ぼくのしっぽは情《なさ》けなく垂《た》れ下《さ》がった。こんなことなら、やっぱり家《いえ》でのんびり昼寝《ひるね》をしていたほうがよかったかも。

「心配《しんぱい》しなくても大丈夫《だいじょうぶ》ですよ」

〈図書室《としょしつ》〉と書《か》かれたプレートの前《まえ》で立《た》ち止《ど》まり、ひろし君《くん》はいった。その視線《しせん》はぼくのほうを向《む》いている。どうやら、たけし君《くん》ではなくぼくに話《はな》しかけているようだ。

「ハルナ先生《せんせい》はかわいい動物《どうぶつ》が大好《だいす》きですから、タケル君《くん》のこともきっと気《き》にいってくれると思《おも》います――」

すべていい終《お》わる前《まえ》に、すぐ近《ちか》くから物音《ものおと》が聞《き》こえた。

音《おと》のしたほうに顔《かお》を向《む》ける。廊下《ろうか》に髪《かみ》の長《なが》い女性《じょせい》が立《た》っていた。白《しろ》いブラウスに紺《こん》のスカートという清潔《せいけつ》そうないでたちだ。

「先生《せんせい》……こんにちは」

ひろし君《くん》が軽《かる》く頭《あたま》を下《さ》げた。ということは、この人《ひと》がハルナ先生《せんせい》？　彼女《かのじょ》はじっとたけし君《くん》のほうを――いや、ちがう。ぼくを見《み》つめていた。

先生《せんせい》の足《あし》もとにはノートが落《お》ちている。でも、その場《ば》に立《た》ちつくしたまま、まったく拾《ひろ》おうとしない。なにかにおどろいているようにも見《み》えた。先生《せんせい》はこちらを見《み》たまま、凍《こお》ってしまったみたいに動《うご》かない。その顔《かお》はひどくこわばっていた。

もしかして、ぼくがこんなところにいるから怒《おこ》っているのだろうか？

「なに……それ？」

先生《せんせい》のくちびるが小《ちい》さく動《うご》いた。ぼくに向《む》かって突《つ》き出《だ》された人差《ひとさ》し指《ゆび》の先《さき》がぷるぷるとふるえている。

ぼくは首《くび》をすくめた。やっぱり怒《おこ》っている。それもかなり激《はげ》しく。

話《はなし》がちがうじゃないか。

ひろし君《くん》をにらみつけたが、彼《かれ》は動《どう》じることなく、すました表情《ひょうじょう》をうかべている。

よほど腹《はら》を立《た》てているのか、先生《せんせい》はノートを拾《ひろ》うことも忘《わす》れて、大《おお》またでこちらに近《ちか》づいてきた。

「君《きみ》の抱《かか》えてるその白《しろ》い――」

「あわわわわ、ゴメンなさい」

先生《せんせい》の迫力《はくりょく》におされ、たけし君《くん》は後《あと》ずさりを始《はじ》めた。

「やっぱり学校《がっこう》に犬《いぬ》を連《つ》れてくるのはまずかったですよね。今《いま》すぐ帰《かえ》りますからゆるして――」

「その白《しろ》いわんちゃん、なんてかわいいの！」

先生《せんせい》はたけし君《くん》の目《め》の前《まえ》までやって来《く》ると、顔《かお》の筋肉《きんにく》をだらしなくゆるめ、ぼくのあごをなで始《はじ》めた。

あ……気持《きも》ちいい。

思《おも》わず目《め》を細《ほそ》める。やわらかい指先《ゆびさき》がちょうどいい力《ちから》で刺激《しげき》をあたえてくれた。犬《いぬ》のあつかいになれている人《ひと》だということはすぐにわかった。

「すごい、すごい。真《ま》っ白《しろ》だね。それにモコモコ。ぬいぐるみみたい」

先生《せんせい》はぼくの全身《ぜんしん》をなで回《まわ》し始《はじ》めた。あ……それはちょっとやりすぎ。くすぐったいんだけど。

「うふ。ホント、かわいいなあ。ねえ、この子《こ》、名前《なまえ》はなんていうの？」

「……タケル」

たけし君《くん》が答《こた》える。

「へえ、男《おとこ》の子《こ》なんだ。はじめまして、タケルちゃん」

先生《せんせい》の攻撃《こうげき》は止《と》まらない。

くすぐったい……くすぐったいってば。

ぼくは身《み》をよじらせた。

「あは、喜《よろこ》んでる」

喜《よろこ》んでない。イヤがってるんです。

「ひろし君《くん》。今日《きょう》も図書室《としょしつ》？」

ぼくのわきばらをさわりながら、先生《せんせい》はいった。

「はい。ちょっと調《しら》べたいことがありまして」

「あ。じゃあその間《あいだ》、先生《せんせい》がタケルちゃんの面倒《めんどう》をみててあげるね」

……え？　こう見《み》えてぼく、人見知《ひとみし》りなんです。それはちょっと……。

「あ、それは助《たす》かるや。はい、どうぞ」

こちらの気持《きも》ちがまるでわかっていないらしく、たけし君《くん》はぼくのことをあっさり先生《せんせい》に引《ひ》き渡《わた》してしまった。

「うわあ、ふかふか。やわらかーい」

先生《せんせい》は子供《こども》みたいにはしゃいだ声《こえ》を出《だ》しながら、今度《こんど》はぼくにほおずりを始《はじ》めた。

「ひろし。早《はや》くヤコウタケの写真《しゃしん》を見《み》せてくれよ」

「わかりました。では、こちらへどうぞ」

ぼくを残《のこ》して、ふたりはそそくさと図書室《としょしつ》の中《なか》へと入《はい》っていってしまった。

ええ？　ぼくも光《ひか》るキノコを見《み》たいのに。

お腹《なか》がクウッと小《ちい》さな音《おと》を立《た》てる。

光《ひか》るキノコ……食《た》べてみたいなあ。

先生《せんせい》の手《て》からぬけ出《だ》して、ひろし君《くん》のあとを追《お》いかけようとしたが、

「かわいい、かわいい。食《た》べちゃいたいくらいかわいいねっ！」

先生《せんせい》はさらに強《つよ》くぼくを抱《だ》きしめた。これでは逃《に》げようがない。

……やっぱり家《いえ》でのんびり昼寝《ひるね》をしているほうがよかったかも。

先生《せんせい》にあちこちをまさぐられながら、ぼくは肺《はい》の中《なか》の空気《くうき》が全部《ぜんぶ》なくなってしまうほどの深《ふか》いため息《いき》をついた。

5 消《き》えた子供《こども》たち

そのあともぼくはハルナ先生《せんせい》に全身《ぜんしん》をなでられ続《つづ》けた。

先生《せんせい》はぼくが気持《きも》ちいいと思《おも》うツボをちゃんと知《し》っていて、いつの間《ま》にやら、ぼくはお腹《なか》を天《てん》井《じょう》に向《む》け、先生《せんせい》にされるがままの状態《じょうたい》だ。こんな姿《すがた》は、絶対《ぜったい》にお父《とう》さんには見《み》せられない。

ブブブブ、と虫《むし》の羽音《はおと》みたいな音《おと》がすぐ近《ちか》くから聞《き》こえてきた。ぼくをなでるのをやめて、先《せん》生《せい》がスカートのポケットからスマートフォンをとり出《だ》す。電話《でんわ》がかかってきたらしい。

「ちょっとゴメンね」

先生《せんせい》はそういって、ぼくの前《まえ》をはなれた。冷《つめ》たい廊下《ろうか》の上《うえ》に、ぼくだけがあお向《む》けの状態《じょうたい》でぽつんとひとりとり残《のこ》される。

え？　もう終《お》わり？

もっとマッサージをしてもらいたくて、右手《みぎて》を動《うご》かしたが、先生《せんせい》はこちらに背中《せなか》を向《む》け、電話《でんわ》の相手《あいて》と話《はなし》をしている。仕事《しごと》の会話《かいわ》なのか、ぼくに対《たい》する態度《たいど》とはちがって、ずいぶんと真面目《まじめ》な口調《くちょう》だ。

自分《じぶん》がまぬけな格好《かっこう》をしていることにようやく気《き》づき、ぼくはあわててからだを起《お》こした。大《おお》きくのびをして、図書室《としょしつ》へと足《あし》を踏《ふ》み入《い》れる。

窓《まど》からまともに太陽《たいよう》の光《ひかり》が射《さ》しこむせいなのか、図書室《としょしつ》の中《なか》は蒸《む》し風呂《ぶろ》みたいに暑《あつ》かった。ひろし君《くん》とたけし君《くん》以外《いがい》に人影《ひとかげ》はない。この暑《あつ》さでは、よほどの物好《ものず》きでない限《かぎ》り、ここに寄《よ》りつこうとは思《おも》わないだろう。

ひろし君《くん》たちは部屋《へや》のすみに置《お》かれたノートパソコンの画面《がめん》を熱心《ねっしん》にのぞきこんでいた。

「キノコがこんなにも明《あか》るく光《ひか》るなんて不思議《ふしぎ》だなあ」

たけし君《くん》が感心《かんしん》したようにいう。この部屋《へや》のケタはずれの暑《あつ》さに、まっさきに音《ね》をあげてしまうタイプだと思《おも》ったけど、ヤコウタケの魅力《みりょく》はそれを上回《うわまわ》ったらしい。

「じゃあ、オレがキャンプ場《じょう》で見《み》た光《ひかり》は、やっぱりこのキノコだったのかな？」

「野生《やせい》のヤコウタケは八丈島《はちじょうじま》以外《いがい》ではほとんど見《み》つかっていませんが……もし近《ちか》くに生《は》えているというなら、僕《ぼく》もぜひ見《み》てみたいですね。どのあたりで見《み》かけたかわかりますか？」

ひろし君《くん》はキーボードを器用《きよう》に操作《そうさ》し、パソコンの画面《がめん》にこの近辺《きんぺん》の地図《ちず》を映《うつ》し出《だ》した。

「たけし君《くん》が出《で》かけたキャンプ場《じょう》は〈碧奥高原《へきおこうげん》〉――ここですよね？　古《ふる》い木造建築物《もくぞうけんちくぶつ》のそばで見《み》かけたということでしたが……このあたりにある木造《もくぞう》の建物《たてもの》は……」

モニターに顔《かお》を近《ちか》づけ、指《ゆび》で地図《ちず》を追《お》う。

「ああ、ありました。碧奥小学校跡《へきおしょうがっこうあと》……たぶんここですね」

「へえ。あれ、小学校《しょうがっこう》だったんだ。ずいぶんとオンボロだったけど」

「跡《あと》と書《か》かれていますから、今《いま》はもう使《つか》われていないのでしょう」

「碧奥小学校《へきおしょうがっこう》……」

たけし君《くん》はくちびるをとがらせ、わずかに首《くび》を右《みぎ》に傾《かたむ》けた。

「どうかしましたか？」

「いや、その小学校《しょうがっこう》の名前《なまえ》、昔《むかし》どこかで聞《き》いたような気《き》がしてさ」

「僕《ぼく》は覚《おぼ》えがありませんが」

「なにかおっかない事件《じけん》があったような……」

「調《しら》べてみましょうか？」

ひろし君《くん》はピアノでもひくみたいに、キーボードをものすごいスピードでたたき始《はじ》めた。

碧奥小学校《へきおしょうがっこう》に関《かん》する情報《じょうほう》が、画面上《がめんじょう》にずらりと並《なら》ぶ。

「これは……」

ひろし君《くん》のまゆとまゆの間《あいだ》に、ほんの少《すこ》しだけしわが寄《よ》った。

「なにが書《か》いてあるんだ？」

たけし君《くん》がひろし君《くん》の後《うし》ろから画面《がめん》をのぞきこむ。

「今《いま》からちょうど二十年前《にじゅうねんまえ》、碧奥小学校《へきおしょうがっこう》に通《かよ》う児童《じどう》たちが行方不明《ゆくえふめい》になる事件《じけん》があったみたいですね」

いきなり始《はじ》まった物騒《ぶっそう》な話題《わだい》に、ぼくは右《みぎ》の耳《みみ》だけをぴくりと動《うご》かした。

「あ、思《おも》い出《だ》した。その話《はなし》、父《とう》ちゃんから聞《き》いたことがある。たしか、十人以上《じゅうにんいじょう》の子供《こども》がいっせいに学校《がっこう》から消《き》えちゃったんだったよな？　結局《けっきょく》、だれひとり見《み》つからなかったはずだけど」

「ここにもそう書《か》いてあります。ネットの記事《きじ》はあてにならない不確《ふたし》かなものも多《おお》いですが、これは地元新聞社《じもとしんぶんしゃ》が発信《はっしん》したものなので、おそらく事実《じじつ》でしょう」

画面《がめん》の白《しろ》い光《ひかり》に照《て》らされ、ひろし君《くん》の横顔《よこがお》がなんだか少《すこ》しおそろしく見《み》えた。

「もともと全校児童《ぜんこうじどう》が三十人《さんじゅうにん》ほどしかいない小《ちい》さな学校《がっこう》だったようですね」

「え……じゃあ、三分《さんぶん》の一《いち》の子供《こども》が消《き》えちゃったってこと？」

たけし君《くん》がまゆ毛《げ》を情《なさ》けなく下《さ》げる。

「それって大事件《だいじけん》じゃん」

「はい……次《つぎ》の日《ひ》に小学校《しょうがっこう》の創立五十周年《そうりつごじっしゅうねん》をお祝《いわ》いするイベントが行《おこな》われる予定《よてい》だったらしく、

生徒《せいと》たちは夕方《ゆうがた》まで学校《がっこう》に残《のこ》ってイベントの準備《じゅんび》を進《すす》めていたそうです。そのうちの十人《じゅうにん》が夜遅《よるおそ》くになっても自宅《じたく》に帰《かえ》らず、心配《しんぱい》した親《おや》たちが学校《がっこう》に行《い》ってみたのですが、すでにだれの姿《すがた》も見《み》当《あ》たらなかったのだとか」

「………」

「イベントは中止《ちゅうし》。それ以降《いこう》、学校《がっこう》は閉鎖《へいさ》され、翌年《よくねん》には閉校《へいこう》となったみたいです」

「子供《こども》たちになにが起《お》こったのか、まるでわかってないのか？」

「そうですね……」

休《やす》みなくキーボードをたたき、めまぐるしく変《か》わる液晶画面《えきしょうがめん》を見《み》つめながら、ひろし君《くん》はつぶやくように答《こた》えた。

「その後《ご》のことはなにも書《か》かれていません。事件《じけん》が起《お》こるまで、とくに子供《こども》たちに変《か》わった様子《ようす》はなかったそうですし、怪《あや》しい人影《ひとかげ》を見《み》たという情報《じょうほう》もまったくなかったらしくて……」

「家出《いえで》かな？　勉強《べんきょう》がイヤになってみんな逃《に》げ出《だ》しちゃったとか」

「まさか。高校生《こうこうせい》や大学生《だいがくせい》だったらわからないでもないですが、行方不明《ゆくえふめい》になったのは七歳《ななさい》から十二歳《じゅうにさい》までの小学生《しょうがくせい》です。大人《おとな》の助《たす》けなしに生《い》きていけるとは思《おも》えません」

ひろし君《くん》みたいな大人顔負《おとなかおま》けのスーパー小学生《しょうがくせい》が混《ま》ざっていたら、子供《こども》たちだけでもなんとかやっていけそうな気《き》もするけど、現実的《げんじつてき》ではないだろう。

「じゃあ、誘拐《ゆうかい》？」

「それも考《かんが》えにくいのではないでしょうか？　身代金《みのしろきん》が要求《ようきゅう》されたという事実《じじつ》はありませんし、行方不明《ゆくえふめい》になった子供《こども》たちは年齢《ねんれい》も性別《せいべつ》もバラバラで、同《おな》じ小学校《しょうがっこう》に通《かよ》っているということ以《い》外《がい》、共通点《きょうつうてん》はなにもなかったようですから。ひとりやふたりならまだしも、十人以上《じゅうにんいじょう》を誘拐《ゆうかい》する理由《りゆう》なんて、すぐには思《おも》いつきません」

「だったら、子供《こども》たちはどうなっちゃったっていうんだよ？」

たけし君《くん》が声《こえ》をあらくする。

「興味深《きょうみぶか》い記事《きじ》を見《み》つけました」

ひろし君《くん》の目《め》の奥《おく》がするどく光《ひか》った。

「オカルト関係《かんけい》の掲示板《けいじばん》に、当時碧奥小学校《とうじへきおしょうがっこう》に通《かよ》っていた男《おとこ》の子《こ》からの書《か》きこみがのっています」

「なにが書《か》いてあるんだ？」

たけし君《くん》は身《み》を乗《の》り出《だ》した。こわがりなくせに、なぜかこわい話《はなし》を聞《き》きたがる厄介《やっかい》な性格《せいかく》だ。

「そのまま読《よ》みますね。『碧奥小学校《へきおしょうがっこう》に通《かよ》う十一歳《じゅういっさい》です。親《おや》も先生《せんせい》も全然信《ぜんぜんしん》じてくれないけど、昨日《きのう》の夕方《ゆうがた》、学校《がっこう》でモンスターにおそわれた。たまたまスケボーを持《も》っていたからなんとか逃《に》げられたけど、もしそうじゃなかったら今《いま》ごろ、僕《ぼく》はどうなっていたかわからない。行方不明《ゆくえふめい》になったみんなは、たぶんあいつにおそわれたんだと思《おも》う。もう絶対《ぜったい》に学校《がっこう》へは近《ちか》づかないことにする』」

「……モンスター？」

「そのときおそいかかってきたというモンスターの絵《え》もいっしょにのせてありました。これです」

〈画像《がぞう》〉と記《しる》された部分《ぶぶん》にカーソルを合《あ》わせると、画面《がめん》いっぱいにイラストが表示《ひょうじ》された。

ひっ、とたけし君《くん》が短《みじか》い悲鳴《ひめい》をあげる。ぼくも息《いき》をのみこんだ。

決《けっ》して上手《じょうず》なイラストではない。しかし、なにがえがかれているかはすぐにわかった。

ゆがんだ頭《あたま》、巨大《きょだい》な目《め》、耳《みみ》までさけた口《くち》とするどい牙《きば》。そして……青紫色《あおむらさきいろ》のからだ。

それはジェイルハウスの怪物《かいぶつ》にとてもよく似《に》ていた。

6 冒険《ぼうけん》の始《はじ》まり

二十年前《にじゅうねんまえ》の小学生《しょうがくせい》がえがいた青《あお》い怪物《かいぶつ》のイラスト。

それは一週間前《いっしゅうかんまえ》にぼくたちが遭遇《そうぐう》した怪物《かいぶつ》と、まったく同《おな》じ容姿《ようし》をしていた。

一体《いったい》、どういうことなのだろう？

そのイラストをもっと近《ちか》くで確認《かくにん》したくなり、ぼくは後《うし》ろ足《あし》を深《ふか》く曲《ま》げて思《おも》いきりジャンプした。そのまま、キーボードの上《うえ》に着地《ちゃくち》する。

ぼくがそばにいたことに今《いま》の今《いま》まで気《き》づいていなかったのか、たけし君《くん》が「ぶひゃあ」とおかしな悲鳴《ひめい》をあげた。

「バ、バカ。おどかすなよ。心臓《しんぞう》が止《と》まるかと思《おも》っただろ」

胸《むね》をおさえ、目《め》を白黒《しろくろ》させる。

「な、なんだよ、これ？　どうしてあの化《ば》け物《もの》がここに？　もしかして、二十年前《にじゅうねんまえ》に子供《こども》たちが次々《つぎつぎ》と姿《すがた》を消《け》した原因《げんいん》はこいつ……」

「もしかしたら、そういうことなのかもしれませんね」

ひろし君《くん》はいった。口調《くちょう》はいつもどおり冷静《れいせい》だが、どこか声《こえ》がはずんでいるようにも思《おも》える。

「みんなで示《しめ》し合《あ》わせて家出《いえで》をしたとか、何者《なにもの》かに誘拐《ゆうかい》されたと考《かんが》えるよりは、はるかに信憑性《しんぴょうせい》があります」

怪物《かいぶつ》のイラストを指差《ゆびさ》し、ひろし君《くん》は続《つづ》けた。

「モンスターにおそわれたといくら主張《しゅちょう》したところで、大人《おとな》たちは絶対《ぜったい》に信《しん》じなかったでしょう。僕自身《ぼくじしん》、実際《じっさい》にこの目《め》であの巨大生物《きょだいせいぶつ》を見《み》ていなければ、『非科学的《ひかがくてき》だ』といって鼻《はな》で笑《わら》い飛《と》ばしていたでしょうし」

「だけど、この絵《え》は二十年前《にじゅうねんまえ》にえがかれたものなんだろ？　そんな昔《むかし》から、あいつは生《い》きていたのか？」

「たった二十年前《にじゅうねんまえ》ですよ。あの巨大生物《きょだいせいぶつ》の寿命《じゅみょう》がどれくらいなのかはわかりませんが、二十年以上《にじゅうねんいじょう》生《い》きていたとしてもべつにおかしくはないでしょう。あるいは、ジェイルハウスで目撃《もくげき》したものとは別《べつ》の個体《こたい》という可能性《かのうせい》も考《かんが》えられます」

「やめてくれよ。あんなおっかないヤツが二匹《にひき》も三匹《さんびき》もいてたまるもんか」

「そうですね。ぞくぞくします」

表情《ひょうじょう》にこそあらわれていないけれど、声《こえ》のトーンや全身《ぜんしん》から発《はっ》せられる汗《あせ》のにおいから、ひろし君《くん》がぞくぞくではなくてワクワクし始《はじ》めたのは明《あき》らかだった。

「こちらには行方不明《ゆくえふめい》になった子供《こども》たちの写真《しゃしん》がのっていますね」

ひろし君《くん》がキーボードをたたくと、画面《がめん》の画像《がぞう》が別《べつ》のものに切《き》りかわった。

白黒《しろくろ》の顔写真《かおじゃしん》が十枚並《じゅうまいなら》んでいる。目鼻立《めはなだ》ちがそっくりなふたりの男《おとこ》の子《こ》は兄弟《きょうだい》だろうか？　その笑顔《えがお》にちくちくと胸《むね》が痛《いた》くなる。

「もし、この碧奥小学校《へきおしょうがっこう》にあの巨大生物《きょだいせいぶつ》がいたのであれば……」

ひろし君《くん》がつぶやくようにいった。

「小学校《しょうがっこう》の近《ちか》くでたけし君《くん》が目撃《もくげき》したという光《ひか》る球体《きゅうたい》も、見《み》まちがいではなく本当《ほんとう》に存在《そんざい》するのかもしれませんね。あれは巨大生物《きょだいせいぶつ》となんらかの関《かか》わりを持《も》っているのかも」

「だから、最初《さいしょ》からそういってるだろ。たぶん、あれは化《ば》け物《もの》のもうひとつの姿《すがた》なんだ。ひとだまになってあいつは空中《くうちゅう》を移動《いどう》することができるんだよ」

「その推測《すいそく》には賛同《さんどう》しかねますが……とにかく、碧奥小学校《へきおしょうがっこう》に行《い》けば、またあの生物《せいぶつ》に会《あ》えるかもしれません」

ひろし君《くん》はメガネをおし上《あ》げると、いきおいよくイスから立《た》ち上《あ》がった。

「碧奥小学校《へきおしょうがっこう》までは約二十《やくにじっ》キロ。山道《やまみち》だとしても、自転車《じてんしゃ》を使《つか》えば二時間《にじかん》でたどり着《つ》ける距離《きょり》です」

「おい。おまえ、まさか……」

ひろし君《くん》のたくらみにようやく気《き》づいたのか、たけし君《くん》は目《め》をぱちぱちと動《うご》かした。

「今《いま》からあそこへ行《い》くつもりなのか？」

「もちろんです。たけし君《くん》、案内《あんない》してもらえますか？」

「イヤだよ。絶対《ぜったい》にイヤだ。おまえ、バカか？　行《い》くわけないだろ、そんなところ」

たけし君《くん》は首《くび》をぶんぶんと横《よこ》にふった。まあ、当然《とうぜん》の反応《はんのう》だ。二十年前《にじゅうねんまえ》のできごととはいえ、十人以上《じゅうにんいじょう》の子供《こども》が姿《すがた》を消《け》した建物《たてもの》なんて、普通《ふつう》は近《ちか》づきたくないだろう。気《き》のせいかもしれないとはいえ、ゆうべもこわい目《め》にあったばかりだし、ジェイルハウスでぼくたちにおそいかかってきたあの怪物《かいぶつ》がいるかもしれないとなればなおさらだ。

「先生《せんせい》も反対《はんたい》です」

ドアのほうから大人《おとな》の声《こえ》が聞《き》こえた。いつからそこにいたのか、ハルナ先生《せんせい》が立《た》っている。

「あなたたちだけでそんな遠《とお》いところに行《い》くなんて危険《きけん》すぎます。やめておきなさい」

勝手《かって》にしっぽが動《うご》き出《だ》す。ハルナ先生《せんせい》にもう一度《いちど》なでてもらいたくて、ぼくは机《つくえ》から飛《と》び下《お》りた。その振動《しんどう》で、机《つくえ》のすみに置《お》いてあったひろし君《くん》のいろはかるたが数枚《すうまい》、床《ゆか》にこぼれ落《お》ちる。

「そうだぞ、ひろし。先生《せんせい》のいうとおりだ。光《ひか》るキノコの写真《しゃしん》も見《み》ることができたし、そろそろ帰《かえ》ろう――」

同時《どうじ》に、たけし君《くん》もパソコンの前《まえ》をはなれた。タイミング悪《わる》く、ぼくは急《きゅう》に動《うご》き出《だ》したたけし君《くん》のお尻《しり》に思《おも》いきり鼻先《はなさき》をぶつけてしまった。

「キャンッ!」

そうさけんだのはぼくではなくたけし君《くん》のほうだった。どうやら、ぼくの家《いえ》の前《まえ》で尻《しり》もちをついたときに痛《いた》めたところを、今度《こんど》はぼくが刺激《しげき》してしまったらしい。

たけし君《くん》はお尻《しり》をおさえ、その場《ば》にうずくまった。たけし君《くん》のお尻《しり》は思《おも》いのほかやわらかく、ぼくへのダメージはほとんどなかったが、ハルナ先生《せんせい》は心配《しんぱい》そうな顔《かお》つきで、ぼくのそばへとかけ寄《よ》ってきた。

「タケルちゃん、大丈夫《だいじょうぶ》?」

ぼくは平気《へいき》です。それよりたけし君《くん》のほうが……。

「いてて。おまえの鼻《はな》って、見《み》た目《め》よりずっと固《かた》いんだもんな」

お尻《しり》をおさえながら、たけし君《くん》は立《た》ち上《あ》がった。涙目《なみだめ》だが、どうやらたいしたことはなさそうだ。

床《ゆか》に散《ち》らばったかるたの一枚《いちまい》を、たけし君《くん》が拾《ひろ》い上《あ》げた。犬《いぬ》のイラストがえがかれた〈い〉の絵札《えふだ》だ。

「犬《いぬ》も歩《ある》けば尻《しり》に当《あ》たる……」

ぼくをにらみつけながら、たけし君《くん》はそうつぶやいた。

「〈犬《いぬ》も歩《ある》けば棒《ぼう》に当《あ》たる〉――このことわざの意味《いみ》を知《し》ってる？」

ぼくの頭《あたま》をなでながら、先生《せんせい》がだれにともなくたずねる。ぼくはうなずいた。ついさっき、自《じ》宅《たく》でひろし君《くん》が教《おし》えてくれたばかりだ。

「なにか行動《こうどう》を起《お》こせば、その分《ぶん》、思《おも》いがけない災難《さいなん》にあうことも多《おお》い、という意味《いみ》よ。これって今《いま》のあなたたちにぴったりの言葉《ことば》じゃない？　危《あぶ》ないことはせずに、今日《きょう》はもう家《いえ》に帰《かえ》って――」

「先生《せんせい》。そのことわざには、もうひとつ別《べつ》の意味《いみ》があることをご存《ぞん》じですか？」

ハルナ先生《せんせい》の言葉《ことば》をさえぎって、ひろし君《くん》はいった。

「〈棒《ぼう》〉というのは、犬《いぬ》をたたく棒《ぼう》きれではなく、もしかしたら七五三《しちごさん》のときにもらえる千歳《ちとせ》あめかもしれません。なにかをしようとすれば、思《おも》いがけない幸運《こううん》に出会《であ》う――〈犬《いぬ》も歩《ある》けば棒《ぼう》に当《あ》たる〉にはそういう意味《いみ》も含《ふく》まれています」

「…………」

しばらくの間《あいだ》、ひろし君《くん》とハルナ先生《せんせい》はおたがいの顔《かお》を突《つ》き合《あ》わせたまま、無言《むごん》で立《た》ちつくしていた。

張《は》りつめた空気《くうき》がふたりの間《あいだ》に流《なが》れる。一体《いったい》、どうなるのか？　とぼくはドキドキした。

最初《さいしょ》に沈黙《ちんもく》をやぶったのは、ハルナ先生《せんせい》のほうだった。息《いき》を吐《は》き出《だ》し、肩《かた》を小《ちい》さく上下《じょうげ》させる。

「本当《ほんとう》にあなたにはいつもハラハラさせられるわね」

笑《わら》いながら先生《せんせい》はいった。

「あなたのことを優等生《ゆうとうせい》だとほめる先生《せんせい》もいるけどとんでもない。あなたはとんだ悪《わる》ガキだわ」

「ありがとうございます」

べつにほめられたわけではないと思《おも》うのだけれど、なぜかひろし君《くん》は礼《れい》をいった。先生《せんせい》は気《き》づかなかったようだが、ちょっとだけ嬉《うれ》しそうな表情《ひょうじょう》をうかべている。

「先生《せんせい》がどれだけ『行《い》くな』といっても、きっとあなたは行《い》くんでしょう？」

「はい」

まるでためらう様子《ようす》を見《み》せず、ひろし君《くん》は答《こた》えた。

「おい、やめとけってば」

たけし君《くん》がひろし君《くん》のわきばらをひじでつつく。

「仕方《しかた》ないわ。だったら、先生《せんせい》もいっしょについていきます」

「……え？」

人間《にんげん》ばなれしたカンのよさを持《も》つひろし君《くん》も、先生《せんせい》のこの発言《はつげん》は予測《よそく》できなかったらしい。メガネの奥《おく》で何度《なんど》もまばたきをくりかえしている。

「片道《かたみち》二十《にじっ》キロを自転車《じてんしゃ》で向《む》かうのは危険《きけん》です。ちょうど先生《せんせい》の当番《とうばん》も終《お》わったところですし、先生《せんせい》の車《くるま》で行《い》くことにしましょう」

ぼくは先生《せんせい》のうでの中《なか》で、さらに激《はげ》しくしっぽをふった。

ドライブは大好《だいす》きだ。めまぐるしく移《うつ》り変《か》わる外《そと》の景色《けしき》をながめながら、いいにおいのする先《せん》生《せい》にお腹《なか》をなで回《まわ》してもらうなんてサイコーじゃないか。

足《あし》もとに散《ち》らばった数枚《すうまい》のいろはかるたをひろし君《くん》が集《あつ》め始《はじ》める。〈の〉の絵札《えふだ》がぼくの目《め》に入《はい》った。真《ま》っ赤《か》に煮《に》えたぎる液体《えきたい》を飲《の》もうとする天狗《てんぐ》の姿《すがた》がえがかれている。

「〈のどもと過《す》ぎれば熱《あつ》さ忘《わす》れる〉……」

その絵札《えふだ》を拾《ひろ》い上《あ》げ、ハルナ先生《せんせい》はつぶやいた。

熱《あつ》いものも、飲《の》みこんでしまえばその熱《あつ》さを忘《わす》れてしまう。苦《くる》しい経験《けいけん》も、過《す》ぎ去《さ》ってしまえばその苦《くる》しさを忘《わす》れてしまう――という意味《いみ》らしい。

これはあとからひろし君《くん》に教《おし》えてもらったことで、このときはことわざの意味《いみ》なんてまったくわからなかった。もしわかっていたなら、怪物《かいぶつ》が出《で》るかもしれない建物《たてもの》に行《い》こうとしているみんなをぼくは必死《ひっし》で止《と》めていただろう。

つい一週間前《いっしゅうかんまえ》にあれほど恐《おそ》ろしい目《め》にあったというのに、ぼくたちはみんな、そのことをすっかり忘《わす》れてしまっていた。

暑《あつ》さのせいで頭《あたま》がぼんやりしていたのか、あるいは――。

もしかしたらぼくたちと青《あお》い怪物《かいぶつ》は、きみょうな運命《うんめい》のようなもので結《むす》ばれていて、どうにも逃《に》げられないことになっていたのかもしれない。

7 偶然《ぐうぜん》の再会《さいかい》

お父《とう》さん以外《いがい》の人《ひと》が運転《うんてん》する車《くるま》に乗《の》るのは初《はじ》めての経験《けいけん》だ。

ハルナ先生《せんせい》の車《くるま》はコーヒーの空《あ》き缶《かん》やお茶《ちゃ》のペットボトルが足《あし》もとに転《ころ》がっていることも、書類《しょるい》やチラシがシートの上《うえ》に散《ち》らばっていることもなく、とてもキレイだった。息《いき》を吸《す》いこむと、ラベンダーに似《に》た香《かお》りが広《ひろ》がって、ものすごく居心地《いごこち》がいい。

ぼくは後部座席《こうぶざせき》に寝《ね》そべり、幸《しあわ》せを満喫《まんきつ》していた。本当《ほんとう》は先生《せんせい》の横《よこ》に座《すわ》って、やわらかい指《ゆび》でずっとなでられていたかったのだけれど、助手席《じょしゅせき》には道案内役《みちあんないやく》としてたけし君《くん》が座《すわ》ったので、ぼくはしぶしぶ席《せき》をゆずった。

案内役《あんないやく》といいながらも、移動中《いどうちゅう》、たけし君《くん》はずっと下《した》を向《む》いたままで、ほとんどしゃべろうとしない。たまに口《くち》を開《ひら》いたと思《おも》ったら、本当《ほんとう》に行《い》くのか？　とか、やめといたほうがいいんじゃない？　とか、ネガティブな発言《はつげん》ばかりだ。

ぼくの横《よこ》に座《すわ》ったひろし君《くん》は、無表情《むひょうじょう》のまま窓《まど》の外《そと》をじっとながめている。いつものことではあるけど、なにを考《かんが》えているのかさっぱりわからない。

お昼《ひる》ご飯《はん》はどうする？　おうちの人《ひと》には連絡《れんらく》しておかなくていいの？　ハルナ先生《せんせい》の質問《しつもん》にもまったく答《こた》えようとしなかった。

目《め》を開《あ》けたままねむっているんじゃないかと思《おも》い、太《ふと》ももあたりをひっかいてやったが、それでも反応《はんのう》は返《かえ》ってこない。

しつこくつきまとわれるのもうっとうしいけれど、こうやって無視《むし》されると、それはそれでさみしくなってしまう。

三十分《さんじっぷん》ほどでぼくたちはキャンプ場《じょう》にたどり着《つ》いた。

本当《ほんとう》はもっと先生《せんせい》の車《くるま》の中《なか》で寝《ね》そべっていたかったが、たけし君《くん》に抱《だ》きかかえられて、無理《むり》やり外《そと》へ連《つ》れ出《だ》される。

小学校《しょうがっこう》の運動場《うんどうじょう》より何十倍《なんじゅうばい》も大《おお》きい高原《こうげん》が広《ひろ》がっていた。上半分《うえはんぶん》は青《あお》い空《そら》。下半分《したはんぶん》は緑《みどり》の芝《しば》。それらはどこまでも続《つづ》き、はるか遠《とお》くでぴったりくっつき合《あ》っている。

気持《きも》ちのよいながめではあったけれど、日《ひ》かげはどこにもなく、風《かぜ》もほとんど吹《ふ》いていないので、とにかく暑《あつ》い。空《そら》のてっぺん近《ちか》くまでのぼった太陽《たいよう》は、ようしゃなくぼくたちを照《て》りつけた。

たけし君《くん》は汗《あせ》をふきながら、うす手《で》のトレーナーを脱《ぬ》いでT《ティー》シャツ一枚《いちまい》になった。できることなら、ぼくもこのふわふわの毛皮《けがわ》を脱《ぬ》ぎ捨《す》ててしまいたい。

「あちらはずいぶんとにぎやかですね」

車《くるま》の中《なか》でずっとだまりこんでいたひろし君《くん》がようやく口《くち》を開《ひら》いた。右手《みぎて》で陽射《ひざ》しをさえぎり、目《め》を細《ほそ》めて前方《ぜんぽう》を見《み》る。

ひろし君《くん》のいうとおり、広《ひろ》い高原《こうげん》の一角《いっかく》に五十人《ごじゅうにん》以上《いじょう》の子供《こども》たちが集《あつ》まっていた。みんな片手《かたて》に小《ちい》さな手帳《てちょう》のようなものを持《も》ち、なにかを探《さが》しているのかあちらこちらに顔《かお》を向《む》けながらうろうろと歩《ある》き回《まわ》っている。

「さあ、なぞを解《と》いて宝物《たからもの》を見《み》つけよう。制限時間《せいげんじかん》は一時間《いちじかん》。あまり遠《とお》くへ行《い》っちゃダメだぞ」

大人《おとな》の声《こえ》が聞《き》こえた。赤《あか》いジャージに身《み》を包《つつ》んだ男性《だんせい》が、子供《こども》たちの行動《こうどう》をうれしそうに目《め》で追《お》っている。

「あ……イケメン」

ハルナ先生《せんせい》がそうつぶやくのを、ぼくは聞《き》き逃《のが》さなかった。

わずかに風《かぜ》が吹《ふ》いた。覚《おぼ》えのあるにおいがぼくのもとへとただよってくる。

ぼくはひとほえすると、たけし君《くん》のうでをはなれて、においのしたほうへ走《はし》った。

「あ、おい。こら待《ま》て」

たけし君《くん》のあわてふためく声《こえ》を無視《むし》して、芝《しば》の上《うえ》をかける。なにかにぶつかる心配《しんぱい》もなかったので、ぼくは全力《ぜんりょく》で四本《よんほん》の脚《あし》を動《うご》かした。気持《きも》ちいい。まるで自分《じぶん》が風《かぜ》になったみたいだ。

「あ――」

気配《けはい》を感《かん》じたのか、その人物《じんぶつ》はぼくのほうをふり返《かえ》った。ぼくは思《おも》いきりジャンプをして、彼《かの》女《じょ》の胸《むね》に飛《と》びこんでいく。

いきおいがつきすぎて、彼女《かのじょ》はその場《ば》に背中《せなか》から倒《たお》れこんだ。

あ、やりすぎちゃったかな。

ちょっとだけ心配《しんぱい》したが、芝《しば》がクッションになってくれたのか、ダメージはほとんどなかったようだ。

「タケル！　どうしてこんなところにいるの？」

彼女《かのじょ》――美香《みか》ちゃんはぼくを抱《だ》きしめ、満面《まんめん》の笑《え》みを見《み》せた。

あいさつがわりに美香《みか》ちゃんの顔《かお》をなめる。美香《みか》ちゃんはくすぐったそうにからだをよじらせた。

「うわあ、かわいいわんちゃん」

「美香《みか》ちゃんのおうちの犬《いぬ》？」

「毛《け》が真《ま》っ白《しろ》でものすごくキレイだね」

砂糖《さとう》に群《むら》がるアリみたいに、ぼくの周《まわ》りに子供《こども》たちがわらわらと集《あつ》まってくる。

「タケル……急《きゅう》に走《はし》り出《だ》したらびっくりするだろ」

人《ひと》ごみをかき分《わ》け、たけし君《くん》がやって来《き》た。全速力《ぜんそくりょく》で追《お》いかけてきたのか、全身汗《ぜんしんあせ》びっしょりだ。

「あれ？　あんたはたしか……えーと、たけしだったっけ？」

「え――美香《みか》ちゃん？」

ふたりともおたがいを指差《ゆびさ》し合《あ》って、きょとんとした顔《かお》をしている。

「なんで、美香《みか》ちゃんがここに？」

「学校《がっこう》の課外授業《かがいじゅぎょう》。今夜《こんや》、五年生全員《ごねんせいぜんいん》でここに泊《と》まるんだ」

「ってことは、卓郎《たくろう》もいるの？」

「なんだよ、みんなで集《あつ》まって。まさか、もう宝物《たからもの》を見《み》つけたっていうのか？」

うわさをすればなんとやら。いきなり卓郎君《たくろうくん》が現《あらわ》れた。ほかの子供《こども》たちより、頭《あたま》ふたつ分《ぶん》背《せ》が高《たか》い。この中《なか》にいると、まるで引率《いんそつ》の先生《せんせい》みたいだ。

「お、たけし。……え？　じゃあ、このさわぎはおまえが原因《げんいん》か？　なにをやらかしたんだ？

まさか、みんなのおやつを盗《ぬす》み食《ぐ》いしたんじゃねえだろうな。おまえが食《く》い意地《いじ》の張《は》ってるヤツだってことは知《し》ってたけど、そんなことまでするなんて……」

「しないよ、するわけないだろ。確《たし》かに腹《はら》は減《へ》ってるけどさ」

卓郎君《たくろうくん》の言葉《ことば》を、たけし君《くん》はあわてて否定《ひてい》した。

「じゃあ、この騒動《そうどう》はなんなんだ？」

「見《み》て、卓郎《たくろう》。ほら」

美香《みか》ちゃんが顔《かお》の高《たか》さまでぼくを持《も》ち上《あ》げる。

「おお、タケル。元気《げんき》だったか？」

卓郎君《たくろうくん》はぼくの鼻先《はなさき》に人差《ひとさ》し指《ゆび》をおし当《あ》てた。急《きゅう》に鼻《はな》がムズムズし始《はじ》め、ぼくは立《た》て続《つづ》けに三《さん》回《かい》くしゃみをした。

「ああ、悪《わる》い。急《きゅう》にさわったからびっくりしちまったか？」

卓郎君《たくろうくん》は笑《わら》いながらぼくの頭《あたま》をぽんぽんとたたく。

「どうした一体《いったい》？　なんのさわぎだ？」

集《あつ》まった子供《こども》たちの間《あいだ》を割《わ》って近《ちか》づいてきたのは、先《さき》ほど遠《とお》くから見《み》かけた赤《あか》いジャージの男《だん》性《せい》だった。短《みじか》くかりあげたヘアスタイルは、日焼《ひや》けした小麦色《こむぎいろ》の肌《はだ》にとてもよく似合《にあ》っている。

笑《わら》うと歯《は》だけが白《しろ》く光《ひか》った。スポーツマンタイプの見《み》るからにさわやかそうなお兄《にい》さんだ。ハルナ先生《せんせい》がひと目見《めみ》て、イケメンとつぶやいたのもよくわかる。

「あ……すみません、クロさん。偶然《ぐうぜん》、友達《ともだち》に会《あ》っちゃって」

美香《みか》ちゃんが説明《せつめい》した。

「ども」

たけし君《くん》は頭《あたま》をかきながらぺこりとお辞儀《じぎ》をしたが、

「見《み》て、クロさん。あたしの友達《ともだち》、ものすごくかわいいでしょ？」

美香《みか》ちゃんがイケメンのお兄《にい》さんに紹介《しょうかい》したのは、たけし君《くん》ではなくぼくのほうだった。

「へえ、ビション・フリーゼか。本物《ほんもの》は初《はじ》めて見《み》たよ。ふわふわでぬいぐるみみたいだね」

ぼくのことを知《し》っているなんて、なかなか優秀《ゆうしゅう》なお兄《にい》さんだ。

「あの……美香《みか》ちゃん、オレの紹介《しょうかい》も……」

たけし君《くん》が気《き》まずそうにもごもごと口《くち》を動《うご》かす。

「え？　なんで？」

「なんでってそんな……」

今《いま》にも泣《な》き出《だ》しそうな表情《ひょうじょう》だ。

「わかった、わかったから。冗談《じょうだん》だってば」

美香《みか》ちゃんは面倒《めんどう》くさそうにそういうと、お兄《にい》さんのほうへ向《む》き直《なお》り、

「クロさん——こいつ、たけし。べつに知《し》り合《あ》いってわけでもないけど。以上《いじょう》」

ぶっきらぼうに説明《せつめい》した。

「ひどいな、おい」

たけし君《くん》が口《くち》をとがらせる。

「おまえ、その紹介《しょうかい》の仕方《しかた》はあんまりなんじゃないの？」

「ちょっと。あたしのこと、気安《きやす》く『おまえ』なんて呼《よ》ばないでくれる？」

「おまえこそ口《くち》のききかたがなってないんだよ。先生《せんせい》に向《む》かって『クロさん』ってなんだよそれ」

「残念《ざんねん》でしたぁ。クロさんは先生《せんせい》じゃありません。今回《こんかい》の課外授業《かがいじゅぎょう》であたしたちの面倒《めんどう》をみてくれるネイチャーガイドさんですぅ」

「姉《ねえ》ちゃん？　その人《ひと》、女《おんな》なのか？」

どっと笑《わら》い声《ごえ》がわき起《お》こった。たけし君《くん》だけがきょとんとした顔《かお》をしている。

「で、たけし。なんでおまえはここにいるんだよ？」

卓郎君《たくろうくん》がたずねた。

「そうだ。おまえらに会《あ》えてちょうどよかった」

たけし君《くん》は背《せ》すじをぴんとのばし、早口《はやくち》でしゃべり始《はじ》めた。

「実《じつ》はさ、このキャンプ場《じょう》のすぐ近《ちか》くにジェイル——」

「たけし君《くん》。みなさんの邪魔《じゃま》をしてはいけません。すぐにここをはなれて、目的地《もくてきち》へ急《いそ》ぎましょう」

いきなりひろし君《くん》が現《あらわ》れ、たけし君《くん》の言葉《ことば》をさえぎった。

「……ジェイル？」

卓郎君《たくろうくん》のまゆが片方《かたほう》だけゆがむ。

「ジェイルってもしかして——」

「ジェイルじゃありません。上流《じょうりゅう》——これから川《かわ》の上流《じょうりゅう》に行《い》こうと話《はな》していたのです」

ひろし君《くん》はいつもと変《か》わらぬ口調《くちょう》で答《こた》えた。怪物《かいぶつ》がこの近《ちか》くにいるかもしれない、なんて話《はなし》をすれば、ここにいるみんなを動揺《どうよう》させてしまう。とっさにごまかしたのは正《ただ》しい判断《はんだん》だっただろう。

「上流《じょうりゅう》になにかあるのか？」

「めずらしい淡水魚《たんすいぎょ》がいるそうなので、ぜひカメラにおさめようと思《おも》いまして」

コンパクトカメラをとり出《だ》してひろし君《くん》はいった。

「魚《さかな》？　へえ、めずらしい魚《さかな》がいるなんて知《し》らなかった。なんて魚《さかな》だよ？」

「オショロコマ。サケの仲間《なかま》です」

さすがひろし君《くん》だ。たぶん口《くち》から出《で》まかせをいっているのだろうが、あまりにも堂々《どうどう》としていて、全然《ぜんぜん》そんなふうには感《かん》じさせない。

「邪魔《じゃま》をしてすみませんでした。では、僕《ぼく》たちはこれで失礼《しつれい》します」

ひろし君《くん》は周《まわ》りのみんなにていねいに頭《あたま》を下《さ》げると、たけし君《くん》のうでをつかんで歩《ある》き始《はじ》めた。

「お、おい、ちょっと待《ま》てってば。卓郎《たくろう》と美香《みか》ちゃんにもちゃんと説明《せつめい》していっしょに――」

おしゃべりなたけし君《くん》をだまらせるため、彼《かれ》のお尻《しり》を軽《かる》くかむ。

「%$#&！」

たけし君《くん》は意味不明《いみふめい》のさけび声《ごえ》をあげ、それっきり静《しず》かになった。

8 だましあい

ハルナ先生《せんせい》は駐車場《ちゅうしゃじょう》の前《まえ》に立《た》ち、じっとぼくたちのほうをながめていた。その表情《ひょうじょう》は硬《かた》くこわばっている。

キャンプ場《じょう》に向《む》かって急《きゅう》にかけ出《だ》したぼくに腹《はら》を立《た》てているのだろうか？　心配《しんぱい》かけてゴメンなさい。ぼくはしっぽを垂《た》らし、先生《せんせい》に謝《あやま》る準備《じゅんび》をした。

だが、ぼくたちがハルナ先生《せんせい》の前《まえ》にもどってきても、先生《せんせい》はまだキャンプ場《じょう》のほうを見《み》つめたままだ。視線《しせん》の先《さき》には先《さき》ほどの色黒《いろぐろ》でさわやかなお兄《にい》さん――クロさんの姿《すがた》があった。どうやら、ぼくたちを見《み》ていたわけではないらしい。

「あの人《ひと》、本当《ほんとう》にカッコいい……」

先生《せんせい》の口《くち》からため息《いき》がもれる。

「クロさんのことですか？」

ひろし君《くん》がたずねた。

「え？　イヤだ。先生《せんせい》、なにか口《くち》にしてた？」

ハルナ先生《せんせい》はほっぺたを真《ま》っ赤《か》にしながら、手《て》のひらを右《みぎ》へ左《ひだり》へ意味《いみ》もなく動《うご》かした。どうやら、本人《ほんにん》はひとりごとのつもりだったらしい。

「あれって東小《ひがししょう》の子供《こども》たちよね？」

ひろし君《くん》がちょっとだけびっくりしたような表情《ひょうじょう》を見《み》せた。自分《じぶん》の学校《がっこう》の子供《こども》の顔《かお》さえまだちゃんと覚《おぼ》えられないというのに、どうしてほかの学校《がっこう》の生徒《せいと》がわかるのだろう？　と思《おも》ったにちがいない。

「子供《こども》たちに混《ま》じって、東小《ひがししょう》の先生《せんせい》たちの顔《かお》もちらほら見《み》えたから」

ああ、そういうことか。

「東小《ひがししょう》の五年生《ごねんせい》だよ。一泊二日《いっぱくふつか》の課外授業《かがいじゅぎょう》なんだって。いいよなあ、東小《ひがししょう》は夏休《なつやす》みにも楽《たの》しい行事《ぎょうじ》があってさ」

お尻《しり》をなでながらたけし君《くん》がいう。あれ？　まだ痛《いた》むのかな？　そんなに強《つよ》くかんだつもりはないんだけど……。

「なにいってるの？　うちの学校《がっこう》だって夏休《なつやす》みに入《はい》ってすぐ、課外授業《かがいじゅぎょう》で海《うみ》に出《で》かけたでしょう？」

「え？　そうなの？」

すっとんきょうな声《こえ》を出《だ》して、たけし君《くん》はひろし君《くん》のほうを向《む》いた。

「はい、一泊二日《いっぱくふつか》の船旅《ふなたび》でした」

「なんだよ、北小《きたしょう》もそんな楽《たの》しい行事《ぎょうじ》があったのか。なにもないのはオレの学校《がっこう》だけ――あ」

そこまでしゃべって、あわてたように自分《じぶん》の口《くち》をふさぐ。北小《きたしょう》の子供《こども》じゃないとばれたところで、この終始《しゅうし》のほほんとした雰囲気《ふんいき》の先生《せんせい》が怒《おこ》ることはないと思《おも》うのだが、たけし君《くん》は本当《ほんとう》のことを知《し》られたらまずいと思《おも》ったらしい。一度《いちど》ついたうそはとことんつき続《つづ》けなければならない、というよくわからないこだわりを持《も》っているのかもしれない。

「だけど変《へん》ね。東小《ひがししょう》にあんな若《わか》い先生《せんせい》はいなかったはずだけど」

ハルナ先生《せんせい》の視線《しせん》は再《ふたた》び、赤《あか》ジャージのお兄《にい》さんに向《む》けられた。

「あいつ、先生《せんせい》じゃなくてネチャ……なんだっけ？　ネチャネチャのじゃがいも？」

「ネイチャーガイドのかたがお手伝《てつだ》いに来《き》ているそうです」

ひろし君《くん》が助《たす》け船《ぶね》を出《だ》す。

「ああ……そうなのね。へえ……名前《なまえ》はなんていうのかな？」

「さあ？　みんなはクロさんと呼《よ》んでいましたけど」

「クロさん……」

先生《せんせい》は胸《むね》の前《まえ》で手《て》を合《あ》わせ、うっとりとした表情《ひょうじょう》を見《み》せた。この人《ひと》がなにを考《かんが》えているのかは、ひろし君《くん》なみによくわからない。

「よけいな道草《みちくさ》をくってしまいました。帰《かえ》る時間《じかん》が遅《おそ》くなると大人《おとな》が心配《しんぱい》しますし、すぐに碧奥《へきお》小学校跡《しょうがっこうあと》へ向《む》かいましょう」

ひろし君《くん》がいった。

「たけし君《くん》。案内《あんない》してもらえますか？」

「ああ……うん」

たけし君《くん》はあまり気乗《きの》りしない様子《ようす》でうなずくと、ぼくを抱《だ》いたままあぜ道《みち》を歩《ある》き始《はじ》めた。うしろにひろし君《くん》、ハルナ先生《せんせい》が続《つづ》く。歩《ある》きながらも、ハルナ先生《せんせい》の視線《しせん》はクロさんに注《そそ》がれたままだった。クロさんのことがよほど気《き》になるらしい。

川《かわ》ぞいのゆるやかな坂道《さかみち》を登《のぼ》っていく。

川《かわ》は小《ちい》さく、ぼくが本気《ほんき》を出《だ》せばかんたんに飛《と》びこえられるくらいの幅《はば》しかない。流《なが》れる水《みず》はすきとおっていて、川底《かわぞこ》に沈《しず》んだ小石《こいし》の細《こま》かい模様《もよう》まではっきりと確認《かくにん》することができた。

川《かわ》の反対側《はんたいがわ》には杉《すぎ》の木《き》が立《た》ち並《なら》んでいる。道《みち》をはずれて杉林《すぎばやし》の中《なか》に飛《と》びこめば、多少《たしょう》は涼《すず》しいのかもしれないが、草《くさ》がびっしりと生《お》いしげっていて、木《き》と木《き》の間《あいだ》にすきまはまったくない。

小柄《こがら》なぼくならなんとか歩《ある》けるかもしれないけれど、みんなは絶対《ぜったい》に無理《むり》だろう。

「どうして卓郎《たくろう》たちに本当《ほんとう》のことをいわなかったのさ？」

歩《ある》きながら、たけし君《くん》が不満《ふまん》そうにいった。

「大勢《おおぜい》いたほうが心強《こころづよ》いのに」

「あの場《ば》で巨大生物《きょだいせいぶつ》の話《はなし》をすれば、まちがいなく大《おお》さわぎになります。建物《たてもの》の中《なか》を探検《たんけん》しようといい出《だ》す人《ひと》もいるかもしれません」

「ああ、そういうことか。みんなを危険《きけん》に巻《ま》きこむわけにはいかないもんな」

「いえ、そうではなく――もし、大《おお》さわぎになったら、東小《ひがししょう》の先生《せんせい》の監視《かんし》がきびしくなり、学校《がっこう》に忍《しの》びこむことがむずかしくなるでしょう？　それをさけたかっただけです」

悪《わる》びれた様子《ようす》もなく、ひろし君《くん》はそう答《こた》えた。なるほど、いかにもひろし君《くん》らしい考《かんが》えかただ。

「やっぱり、そういうことか」

背後《はいご》から聞《き》こえた卓郎君《たくろうくん》の声《こえ》に、たけし君《くん》はびくんとからだを震《ふる》わせた。

ふり返《かえ》ると、卓郎君《たくろうくん》と美香《みか》ちゃんがしてやったりの表情《ひょうじょう》で立《た》っている。みんなに気《き》づかれないよう、こっそり後《うし》ろをつけてきたらしい。もちろん、ぼくは早《はや》くからにおいで気《き》づいていたのだけれど。

卓郎君《たくろうくん》はハルナ先生《せんせい》のほうに向《む》き直《なお》り、

「はじめまして。ひろし君《くん》とたけし君《くん》の友人《ゆうじん》で、東小学校五年一組《ひがししょうがっこうごねんいちくみ》の——」

と礼儀正《れいぎただ》しく自己紹介《じこしょうかい》を始《はじ》めた。いつも態度《たいど》は横柄《おうへい》だし、口調《くちょう》も乱暴《らんぼう》な卓郎君《たくろうくん》だが、こういうところは意外《いがい》としっかりしているようだ。

ひろし君《くん》のことを「頭《あたま》はいいけどちょっと変《か》わり者《もの》」、たけし君《くん》のことを「落《お》ち着《つ》きのないお調子者《ちょうしもの》」とからめに評価《ひょうか》したお父《とう》さんも、卓郎君《たくろうくん》だけは「とてもしっかりした男《おとこ》の子《こ》だね」とべたぼめしていた。ぼくの目《め》から見《み》た評価《ひょうか》はちょっとちがうのだけれど、たぶん一番大人《いちばんおとな》ウケするのは卓郎君《たくろうくん》みたいなタイプなのだろう。

「あ……どうも」

しっかりしたあいさつをする卓郎君《たくろうくん》に面食《めんく》らったのか、ハルナ先生《せんせい》のほうがしどろもどろだ。

「あなたたち、勝手《かって》にぬけ出《だ》してきてよかったの？」

卓郎君《たくろうくん》と美香《みか》ちゃんの顔《かお》を交互《こうご》に見比《みくら》べながら先生《せんせい》がたずねる。

「問題《もんだい》ありません。夕方《ゆうがた》まで自由行動《じゆうこうどう》ですから」

卓郎君《たくろうくん》はしれっとうそをついた。そんなことはいっていなかったはずだ。

「それならいいけど……」

子供《こども》のうそにころっとだまされてしまうあたり、ハルナ先生《せんせい》はまだまだ新米《しんまい》なのだろう。

それ以上先生《いじょうせんせい》に追及《ついきゅう》されたらまずいと感《かん》じたのか、

「で、これからどこへ行《い》くんだ？」

たけし君《くん》のほうに向《む》き直《なお》って、卓郎君《たくろうくん》は口《くち》を開《ひら》いた。

「え……さ、さっき、ひろしが話《はな》してただろ。えーと……そ、そう、川《かわ》の上流《じょうりゅう》に魚《さかな》を――」

「うそつけ」

卓郎君《たくろうくん》が鼻《はな》で笑《わら》う。

「俺《おれ》をだますなんて百年早《ひゃくねんはえ》えよ。川《かわ》の上流《じょうりゅう》へ出《で》かけるって話《はなし》はでたらめだろ？　それがわかったから、なにかあると思《おも》ってあとをつけてきたんだ」

「え？　どうしてばれちゃったの？　ひろしのうそつきっぷりはなかなかのものだったけど」

「つめがあまいな。オショロコマは北海道《ほっかいどう》にしかいない魚《さかな》だ。こんなところにいるわけがない」

卓郎君《たくろうくん》は勝《か》ちほこったような笑《え》みをうかべたが、

「すべて計画《けいかく》どおりです」

とくに悔《くや》しがる様子《ようす》もなく、ひろし君《くん》はしれっと答《こた》えた。

「あのようにいえば、僕《ぼく》がうそをついていると気《き》づいて追《お》いかけてきてくれるかもしれないと思《おも》いましたので」

「……え？」

まばたきをくりかえし、卓郎君《たくろうくん》は不思議《ふしぎ》そうな顔《かお》をした。

「俺《おれ》に気《き》づかせるつもりで、あんなうそをついたっていうのか？」

「はい、そのとおりです」

「だけど普通《ふつう》、オショロコマなんて魚《さかな》を知《し》ってるはずがねえだろ。どうして俺《おれ》が知《し》ってるとわかった？」

「君《きみ》のお父《とう》さんは川釣《かわづ》りが好《す》きなのですよね？　以前《いぜん》、雑誌《ざっし》のインタビュー記事《きじ》を読《よ》んだことがあります」

卓郎君《たくろうくん》のお父《とう》さんは全国《ぜんこく》に百以上《ひゃくいじょう》のチェーン店《てん》を持《も》つ大型《おおがた》ホームセンター〈スマイル〉の社長《しゃちょう》で、マスコミにもたびたび登場《とうじょう》する有名人《ゆうめいじん》だ。ぼくも何度《なんど》かテレビで見《み》かけたことがある。

「確《たし》かに親父《おやじ》は川釣《かわづ》りが趣味《しゅみ》だ。だけど、俺《おれ》もそうだとは限《かぎ》らねえだろ？」

「いいえ。君《きみ》が今着《いまき》ている服《ふく》――よく見《み》なければわかりませんが、そでのあたりに小《ちい》さなほころびがいくつもあります。その破《やぶ》れかたを見《み》て、すぐにわかりました。それはうっかり釣《つ》り針《ばり》をひっかけてしまったあとですよね？」

「…………」

卓郎君《たくろうくん》はだまりこんだ。どうやら、ひろし君《くん》のいったことはすべて図星《ずぼし》だったらしい。

あっぱれ、ひろし君《くん》。

もしぼくが人間《にんげん》だったら、口笛《くちぶえ》のひとつでも吹《ふ》いていただろう。やはり、卓郎君《たくろうくん》よりひろし君《くん》のほうが一枚上手《いちまいうわて》だ。

「もちろん、君《きみ》に川釣《かわづ》りの経験《けいけん》があるからといって、オショロコマの知識《ちしき》を持《も》っているかどうかまではわかりませんでした。だから、君《きみ》に怪《あや》しんでもらうために少《すこ》しおどおどしてみせたのですが……」

思《おも》わず吹《ふ》き出《だ》しそうになる。ぼくにはものすごく堂々《どうどう》としているように見《み》えたが、どうやらあれでおどおどしているつもりだったらしい。

「ねえ。釣《つ》りの話《はなし》なんてどうでもいいから、一体《いったい》なにをたくらんでいるのかもう少《すこ》しくわしく教《おし》えてもらえない？」

それまでだまっていた美香《みか》ちゃんがぶっきらぼうにいった。なぜか不機嫌《ふきげん》そうだ。気《き》にいらないことでもあったのだろうか？

ゆうべたけし君《くん》が見《み》たひとだまのこと、ひとだまを目撃《もくげき》した場所《ばしょ》が大昔《おおむかし》に閉校《へいこう》となった小学校《しょうがっこう》であること、二十年前《にじゅうねんまえ》にその小学校《しょうがっこう》で起《お》こった事件《じけん》のこと……。

ひろし君《くん》はそれらについて、わかりやすく説明《せつめい》していった。

ちょうどすべての説明《せつめい》を終《お》えたところで、たけし君《くん》が立《た》ち止《ど》まる。

「ここだよ」

杉林《すぎばやし》の向《む》こうに古《ふる》ぼけた二階建《にかいだ》ての建物《たてもの》が見《み》えた。

こんなにも太陽《たいよう》が照《て》りつけているのに、木《き》が生《お》いしげっているせいで林《はやし》の奥《おく》はずいぶんとうす暗《ぐら》い。

カラスでもすみついているのか、ときどきバサバサッと重《おも》たい羽音《はおと》がひびく。

ぼくは牙《きば》をむき出《だ》しにしてうなった。

建物《たてもの》からひどい悪臭《あくしゅう》がただよってくる。
それはジェイルハウスでかいだ怪物《かいぶつ》のにおいとそっくり同《おな》じものだった。

9 不気味《ぶきみ》な学校《がっこう》

「おい、ちょっと待《ま》てよ」

木の枝《えだ》をかき分《わ》けて先《さき》へ進《すす》もうとするひろし君《くん》に、卓郎君《たくろうくん》が声《こえ》をかけた。

「なんでしょう？」

ふり返《かえ》り、ひろし君《くん》が小首《こくび》をかしげる。

「これからどうするつもりなんだ？」

「学校《がっこう》の中《なか》を探索《たんさく》します。もしかしたら、あの巨大生物《きょだいせいぶつ》にまた遭遇《そうぐう》できるかもしれませんので」

「ちょ、ちょっと待《ま》って。本気《ほんき》なの？」

おびえた声《こえ》を出《だ》したのは、たけし君《くん》ではなく美香《みか》ちゃんのほうだった。

「あたしたちがジェイルハウスでどんな目《め》にあったか、覚《おぼ》えていないわけじゃないでしょ？」

「もちろん覚《おぼ》えていますよ。あんなすばらしい体験《たいけん》、忘《わす》れられるはずがありません」

ほかのだれかがいったなら冗談《じょうだん》だと思《おも》うのだが、ひろし君《くん》の場合《ばあい》は、すべて本心《ほんしん》なのだろう。

「やめておけ。もし本当《ほんとう》にあの化《ば》け物《もの》がいるなら、危険《きけん》すぎる」

「はたしてそうでしょうか？」

ひろし君《くん》はみんなの顔《かお》をひととおりながめたあと、さらに言葉《ことば》を続《つづ》けた。

「確《たし》かにジェイルハウスで、僕《ぼく》たちは危険《きけん》な目《め》にあいました。でも、あれは屋敷《やしき》の中《なか》に閉《と》じこめられて身動《みうご》きがとれなかったからです。あの生物《せいぶつ》はパワーこそケタはずれですが、スピードはそれほどでもありません。僕《ぼく》たちが全力《ぜんりょく》で走《はし》れば、まず追《お》いつかれることはないでしょう。必要以上《ひつよういじょう》に近《ちか》づかない限《かぎ》り、危険《きけん》がおよぶようなことはありません」

「それはまあそうかもしれないけど……」

「それに前回《ぜんかい》とはちがい、僕《ぼく》たちはあいつの弱点《じゃくてん》も知《し》っています。あの生物《せいぶつ》は犬《いぬ》が苦手《にがて》です。タケル君《くん》といっしょなら、おそわれる心配《しんぱい》はまずないでしょう」

ひろし君《くん》の言葉《ことば》を聞《き》いて、たけし君《くん》がぼくを強《つよ》く抱《だ》きしめる。

痛《いた》いっ！　そんなに力《ちから》を入《い》れたら痛《いた》いってば！

ぼくはたけし君《くん》のうでの中《なか》でじたばたとあばれた。

「この高原《こうげん》の近《ちか》くには野生《やせい》の鹿《しか》や猪《いのしし》が生息《せいそく》しています。山《やま》から熊《くま》が下《お》りてくる可能性《かのうせい》だってないとはいえません。野犬《やけん》もうろついているでしょう。それらの動物《どうぶつ》は僕《ぼく》たちよりもはるかに機敏《きびん》に動《うご》きます。そう考《かんが》えれば、あの巨大生物《きょだいせいぶつ》のほうがずっと安全《あんぜん》だと思《おも》いませんか？」

「…………」

みんな、だまったままだ。

「僕《ぼく》たちがジェイルハウスで遭遇《そうぐう》したあの生物《せいぶつ》は、まちがいなく実在《じつざい》しましたよね？　大人《おとな》たちは野生《やせい》の猿《さる》かなにかを見《み》まちがえたのだろうと結論《けつろん》づけましたが、そうではありませんよね？」

ひろし君《くん》の問《と》いかけに、ハルナ先生《せんせい》以外《いがい》の全員《ぜんいん》がうなずく。

「それなのに、だれも信《しん》じてくれません。くやしくはありませんか？」

「確《たし》かにな。あのあと親父《おやじ》には、なにを寝《ね》ぼけたことをいってるんだとさんざん怒《おこ》られたし」

卓郎君《たくろうくん》が口《くち》をとがらせる。

「あの生物《せいぶつ》の存在《そんざい》をはっきりと証明《しょうめい》できればよいのです」

そういって、ひろし君《くん》はポケットからコンパクトカメラをとり出《だ》した。

「危険《きけん》なことを行《おこな》うつもりはありません。もしあの生物《せいぶつ》が現《あらわ》れたら、このカメラで撮影《さつえい》する——ただそれだけです」

「まあ、そういうことなら……」

ひろし君《くん》の言葉《ことば》に納得《なっとく》したのか、卓郎君《たくろうくん》は杉林《すぎばやし》へと足《あし》を踏《ふ》み入《い》れた。

「わかってもらえましたか。では急《いそ》ぎましょう」

ぼくたちに背《せ》を向《む》け、ひろし君《くん》が林《はやし》の奥《おく》へと進《すす》んでいく。卓郎君《たくろうくん》もそのあとに続《つづ》いた。

「あ。待《ま》ってよ」

美香《みか》ちゃんも、あわてて卓郎君《たくろうくん》の背中《せなか》を追《お》いかける。

「お、おい、みんな本気《ほんき》かよ？　やめとけって」

その場《ば》に立《た》ちつくしたままのたけし君《くん》がみんなを呼《よ》び止《と》めたが、足《あし》を止《と》める者《もの》はいなかった。

「ねえ、どうにかしてくださいよ」

たけし君《くん》はすがるような視線《しせん》をとなりのハルナ先生《せんせい》に向《む》けた。

「いいんじゃない？　お化《ば》けなんて本当《ほんとう》にいるわけないんだし。それに探検《たんけん》ってちょっとワクワクするじゃない？」

先生《せんせい》はにっこり笑《わら》って、林《はやし》の中《なか》へと入《はい》っていった。この人《ひと》はどうやら、怪物《かいぶつ》の話《はなし》をまるで信《しん》じていないらしい。まあ、それも仕方《しかた》がないだろう。青《あお》い巨人《きょじん》の存在《そんざい》なんて、普通《ふつう》は信《しん》じるはずがない。それが大人《おとな》というものだ。

だけど、あの怪物《かいぶつ》は決《けっ》してぼくたちの妄想《もうそう》なんかじゃなかった。目《め》の前《まえ》にたたずむ古《ふる》ぼけた建《たて》物《もの》からは、あのときと同《おな》じ――不快《ふかい》きわまりないにおいがぷんぷんとただよっている。

怪物《かいぶつ》はまちがいなくここにいる。みんなのそばにいてやらないと危険《きけん》だ。

ぼくはたけし君《くん》のうでをぬけ出《だ》し、地面《じめん》に飛《と》び下《お》りると、ハルナ先生《せんせい》のあとに続《つづ》いた。

「あ、こら。待《ま》て。オレひとりにするなってば」

情《なさ》けない声《こえ》をあげ、たけし君《くん》がうしろを追《お》いかけてくる。

しばらく走《はし》ると、一気《いっき》に視界《しかい》が開《ひら》けた。あたりを見回《みまわ》すと、さびついたブランコやすべり台《だい》が設置《せっち》されている。以前《いぜん》は校庭《こうてい》だった場所《ばしょ》なのだろう。

今《いま》にもくずれ落《お》ちそうな校舎《こうしゃ》を見上《みあ》げる。

あぜ道《みち》から見《み》たときはこぢんまりとした建物《たてもの》に見《み》えたが、実《じつ》はジェイルハウスと同《おな》じくらいの広《ひろ》さがありそうだ。窓《まど》はところどころ割《わ》れ、その破片《はへん》が土《つち》の上《うえ》に散《ち》らばっていた。

中央《ちゅうおう》に両開《りょうびら》きの大《おお》きなとびらがあり、その前《まえ》に卓郎君《たくろうくん》と美香《みか》ちゃんが立《た》っていた。ひろし君《くん》の姿《すがた》は見当《みあ》たらない。

悪臭《あくしゅう》はますます強《つよ》くなった。あまりのにおいに鼻《はな》が曲《ま》がりそうだ。それなのにみんなは平然《へいぜん》としている。だれもこのにおいに気《き》づかないのだろうか？

「あれ？　ひろし君《くん》は？」

ハルナ先生《せんせい》がたずねる。

「開《あ》いているとびらを探《さが》すからといって、建物《たてもの》の裏《うら》へ回《まわ》りました」

そくざに卓郎君《たくろうくん》が答《こた》えた。

「そのとびらは開《あ》いていないの？」

「はい、カギがかかっています。なんとかして開《あ》かないか試《ため》してみましたが、意外《いがい》と頑丈《がんじょう》で……」

そういいながら卓郎君《たくろうくん》はとびらをおしたり引《ひ》いたりしたが、確《たし》かにびくともしない。あまり力《ちから》を入《い》れすぎると、ノブのほうがこわれてしまいそうだ。

「割《わ》れた窓《まど》から入《はい》る……のは、ちょっと危険《きけん》よね」

ハルナ先生《せんせい》はどこかに侵入口《しんにゅうぐち》がないか、校舎《こうしゃ》のあちらこちらを見回《みまわ》している。ずいぶんと乗《の》り気《き》な感《かん》じだ。

遠《とお》くからひろし君《くん》の声《こえ》が聞《き》こえた。ひろし君《くん》らしからぬ、あわてた様子《ようす》が伝《つた》わってくる。

なにかあったのだろうか？

ぼくは耳《みみ》をすませた。だけど、次《つぎ》に聞《き》こえてきたのは鳥《とり》のはばたく音《おと》だけ。ひろし君《くん》の声《こえ》は気《き》のせいだったのだろうか？

首《くび》をひねったところで、

「**ぎゃあああっ！**」

今度《こんど》は突然《とつぜん》、たけし君《くん》の絶叫《ぜっきょう》が周囲《しゅうい》にとどろいた。

10 消《き》えたひろし君《くん》

たけし君《くん》の悲鳴《ひめい》は心臓《しんぞう》に悪《わる》い。

鼓動《こどう》がおさまるまで、ぼくは何度《なんど》も深呼吸《しんこきゅう》をくりかえさなければならなかった。

「なんだよ、おまえ。びっくりさせやがって」

卓郎君《たくろうくん》もぼくと同《おな》じだったらしい。胸《むね》をおさえながら口《くち》をとがらせる。

「で、で、出《で》た、出《で》た出《で》た出《で》た」

校庭《こうてい》のすみに設置《せっち》されたジャングルジムを指《ゆび》差《さ》し、たけし君《くん》は声《こえ》を震《ふる》わせた。

「出《で》たってなにが？」

「わ、わか、わかんないけど……校舎《こうしゃ》のかげからなんか変《へん》な生《い》き物《もの》が……」

ジャングルジムの向《む》こうには太《ふと》い杉《すぎ》の木《き》が生《は》えている。そこからキーッというきみょうな鳴《な》き声《ごえ》が聞《き》こえた。

「イヤだ、もう！　オレ、やっぱり外《そと》で待《ま》ってるから！」

たけし君《くん》は地団太《じだんだ》を踏《ふ》みながらそうまくしたてると、ものすごい勢《いきお》いでもと来《き》た道《みち》をかけていった。

「ちょっと待《ま》ちなさ——きゃっ！」

たけし君《くん》を追《お》いかけようとしたハルナ先生《せんせい》の前《まえ》に、いきなり白《しろ》い影《かげ》が飛《と》び出《だ》してくる。

よほどおどろいたのか、ハルナ先生《せんせい》はこれまで見《み》たことのないような表情《ひょうじょう》をうかべた。白《しろ》い影《かげ》は先生《せんせい》の足《あし》もとをぐるぐると三周回《さんしゅうまわ》って、美香《みか》ちゃんの胸《むね》の中《なか》へと飛《と》びこんでいった。

「……え？」

美香《みか》ちゃんが両手《りょうて》でその生《い》き物《もの》をキャッチする。

「かわいい！」

美香《みか》ちゃんから満面《まんめん》の笑《え》みがもれた。

それはウサギだった。白《しろ》い毛《け》には泥《どろ》がこびりついて全体的《ぜんたいてき》にうすよごれていたが、くりくりした目玉《めだま》がせわしく動《うご》いて、ぼくから見《み》ても本当《ほんとう》にかわいらしい。

美香《みか》ちゃんが頭《あたま》をなでると、ウサギは気持《きも》ちよさそうに目《め》を閉《と》じ、美香《みか》ちゃんのうでの中《なか》に寝《ね》そべった。

「ずいぶんと人《ひと》なつっこいウサギだな」

卓郎君《たくろうくん》はぼくにやったみたいに、人差《ひとさ》し指《ゆび》でウサギの鼻《はな》をおした。それが彼《かれ》なりの動物《どうぶつ》に対《たい》するあいさつなのかもしれない。

「だれかに飼《か》われてたのかもしれないね」

「だけど、右《みぎ》の耳《みみ》が半分《はんぶん》ちぎれてるな」

卓郎君《たくろうくん》の言葉《ことば》がショッキングだったのか、ハルナ先生《せんせい》がぎょっとした顔《かお》つきになる。

「かわいそうに。野良犬《のらいぬ》にでもおそわれたのかな？」

そういって、美香《みか》ちゃんはウサギの頭《あたま》をなでた。

「あ、もしかしたら――」

美香《みか》ちゃんと卓郎君《たくろうくん》は同時《どうじ》に顔《かお》を見合《みあ》わせ

た。たぶん、同《おな》じことを考《かんが》えたのだろう。ぼくもそうだった。もしかしたらこのウサギは怪物《かいぶつ》に……。

そういえば、ひろし君《くん》はどうしたのだろう？

ぼくはもう一度《いちど》、耳《みみ》に意識《いしき》を集中《しゅうちゅう》させた。でもやっぱり、校舎《こうしゃ》の裏《うら》から物音《ものおと》は聞《き》こえてこない。

胸《むな》さわぎがした。先《さき》ほど耳《みみ》にしたひろし君《くん》のあわてふためいたような声《こえ》も気《き》になる。もしかしたら、ひろし君《くん》の身《み》になにかあったのかもしれない。

しめった土《つち》をけって、ぼくは建物《たてもの》の裏側《うらがわ》へと走《はし》った。

「待《ま》って。どこへ行《い》くの？」

先生《せんせい》が後《うし》ろを追《お》いかけてくる。

校舎《こうしゃ》の裏側《うらがわ》はさらにあれ果《は》てていた。折《お》れた雨《あま》どいが杉《すぎ》の木《き》にもたれかかり、外壁《がいへき》は一部《いちぶ》がくさってくずれ落《お》ちている。

そこにひろし君《くん》の姿《すがた》はなかった。

立《た》ち止《ど》まり、あたりを見渡《みわた》す。

杉林《すぎばやし》が間近《まぢか》までせまっているため、別《べつ》の方向《ほうこう》へ移動《いどう》することはほぼ不可能《ふかのう》だ。もし無理《むり》やり林《はやし》の中《なか》へ入《はい》ったなら、木々《きぎ》の間《あいだ》を埋《う》めつくすように茂《しげ》っている藪《やぶ》が折《お》れていなければおかしい。

では、校舎《こうしゃ》の中《なか》に侵入《しんにゅう》したのだろうか？

ひとつひとつ窓《まど》を調《しら》べていったが、人《ひと》の入《はい》れそうな場所《ばしょ》はない。

地面《じめん》でなにかが光《ひか》った。あわててその場《ば》にかけ寄《よ》る。そこに落《お》ちていたのはメガネだった。ひろし君《くん》のものだ。

「……どういうこと？」

ひろし君《くん》のメガネを拾《ひろ》い上《あ》げながら、ハルナ先生《せんせい》がつぶやく。

まさか怪物《かいぶつ》におそわれたのでは？

最悪《さいあく》の事態《じたい》を想像《そうぞう》し、ぼくはぞっとした。

いや、ちがう。そんなはずはない。

必死《ひっし》でそういい聞《き》かせる。

校舎裏《こうしゃうら》にはわずかなスペースしかない。もしここに怪物《かいぶつ》が現《あらわ》れたとしても、木《き》をなぎ倒《たお》さなければまともに歩《ある》くことなんてできないだろう。ひろし君《くん》は怪物《かいぶつ》におそわれたわけではない。

でも、それなら一体《いったい》どこへ消《き》えてしまったのだろう？

すぐにこのことを卓郎君《たくろうくん》たちに伝《つた》えなくてはならない。ぼくは方向《ほうこう》を変《か》え、再《ふたた》びみんなのもとへと急《いそ》いだ。

卓郎君《たくろうくん》、美香《みか》ちゃん、大変《たいへん》だ！　ひろし君《くん》が――

ぼうぜんと立《た》ち止《ど》まる。校舎《こうしゃ》の前《まえ》にふたりの姿《すがた》はなかった。ウサギも見当《みあ》たらない。

あぜ道《みち》まで引《ひ》き返《かえ》したのかと思《おも》い、校庭《こうてい》を横切《よこぎ》る。しかし小川《おがわ》までもどっても、みんなの姿《すがた》はなかった。そこで待《ま》っているといったはずのたけし君《くん》もいない。

……なんだよ、これ？次々《つぎつぎ》に人《ひと》が消《き》えていく。まるで二十年前《にじゅうねんまえ》の事件《じけん》を再現《さいげん》しているみたいだ。

なにが起《お》こっているのかさっぱりわからない。少《すく》なくとも怪物《かいぶつ》の仕業《しわざ》ではないはずだ。

みんなの鼻《はな》はぼくみたいに万能《ばんのう》ではないけれど、怪物《かいぶつ》が接近《せっきん》すればその悪臭《あくしゅう》に気《き》がついただろう。怪物《かいぶつ》が歩《ある》けば地《じ》ひびきもする。声《こえ》を出《だ》すひまもなくやられたとは絶対《ぜったい》に思《おも》えない。

混乱《こんらん》したまま、校舎《こうしゃ》の前《まえ》までもどってくる。ハルナ先生《せんせい》の姿《すがた》を探《さが》したが、どこからも気配《けはい》が感《かん》じられない。

……うそだろう？

ぼくは息《いき》をのみこんだ。

ハルナ先生《せんせい》まで消《き》えてしまったというのか？

二十年前《にじゅうねんまえ》に発生《はっせい》した児童行方不明事件《じどうゆくえふめいじけん》。

そしてたった今《いま》、目《め》の前《まえ》で起《お》こったみんなの消失《しょうしつ》。

これはただの偶然《ぐうぜん》？　それとも……。

すぐ近《ちか》くで物音《ものおと》がした。とっさに後《うし》ろをふり返《かえ》ろうとしたが、それよりも早《はや》くぼくの鼻先《はなさき》にしめった布《ぬの》きれがおし当《あ》てられた。

鼻《はな》の奥《おく》がツンと痛《いた》くなる。

……だれ？

抵抗《ていこう》する間《ま》もなく、ぼくの意識《いしき》は急速《きゅうそく》に遠《とお》のいていった。

11 冷《つめ》たい地下牢《ちかろう》

ひどい悪夢《あくむ》を見《み》ていたような気《き》がする。

大《おお》きなくしゃみとともに、ぼくは目《め》を覚《さ》ました。

鼻《はな》がムズムズする。その場所《ばしょ》はひどくほこりっぽかった。

ぼくは冷《つめ》たいコンクリートの上《うえ》に横《よこ》たわっていた。かなづちでたたかれたみたいに、頭《あたま》がガンガンと痛《いた》む。口《くち》の中《なか》はカラカラにかわいていた。

水《みず》を飲《の》まなくっちゃ。

そう思《おも》って立《た》ち上《あ》がったところで、ぼくはようやくその部屋《へや》の異常《いじょう》な状態《じょうたい》に気《き》がついた。

ひろし君《くん》たち五人《ごにん》が折《お》り重《かさ》なるように倒《たお》れている。死《し》んでいるのではないかとあせったが、口《くち》もとに鼻先《はなさき》を近《ちか》づけてみると、みんなちゃんと呼吸《こきゅう》をしていることがわかった。顔色《かおいろ》も悪《わる》くない。命《いのち》に別状《べつじょう》はなさそうだ。

一体《いったい》、なにがあったんだろう？

ぼくは力《ちから》をふりしぼり、できるだけ大《おお》きな声《こえ》でほえた。普段《ふだん》、あまりほえることがないので、すぐにのどが痛《いた》くなったが、だからといって休《やす》んでもいられない。

ぼくの声《こえ》におどろいたのか、美香《みか》ちゃんのうでの中《なか》からウサギが飛《と》び出《だ》してきた。部屋《へや》のすみで縮《ちぢ》こまり、こちらを見《み》ながらぶるぶるとふるえている。

ゴメン。べつにおどかすつもりはなかったんだけど。

すぐに謝《あやま》ったが、ウサギはおびえたままだ。どうやら、ぼくの言葉《ことば》は伝《つた》わらないらしい。

みんなはなかなか目《め》を覚《さ》まさなかった。ひろし君《くん》の耳《みみ》もとでほえ、卓郎君《たくろうくん》のうでをひっかき、美香《みか》ちゃんの耳《みみ》をなめ、ハルナ先生《せんせい》のお腹《なか》の上《うえ》にジャンプしたが、全員顔《ぜんいんかお》をしかめるだけでなかなか起《お》きてくれない。

この程度《ていど》じゃダメだと思《おも》い、次《つぎ》はたけし君《くん》のお尻《しり》にかみついてみた。

「いってえ！」

こまくが破《やぶ》れそうになるくらいの大《おお》きな悲鳴《ひめい》をあげて、たけし君《くん》は飛《と》び起《お》きた。それでようやくみんなも目《め》を覚《さ》ます。

「……どこだ、ここ？」

目《め》をこすりながら、卓郎君《たくろうくん》がきょろきょろとあたりを見回《みまわ》した。

ぼくたちは壁《かべ》、床《ゆか》、天井《てんじょう》がコンクリートで囲《かこ》まれたうす暗《ぐら》い部屋《へや》の中《なか》にいた。

天井近《てんじょうちか》くに明《あ》かりとりの窓《まど》があり、そこから外《そと》の光《ひかり》が射《さ》しこんでいる。窓《まど》は小《ちい》さく、ぼくの頭《あたま》すらも入《はい》りそうにはなかった。

壁《かべ》に頑丈《がんじょう》そうなドアがとりつけられている。卓郎君《たくろうくん》が立《た》ち上《あ》がってノブをひねったが、カギがかかっているらしく、ドアはびくともしなかった。

ドアの向《む》かい側《がわ》は壁《かべ》ではなく、一面鉄格子《いちめんてつごうし》が張《は》りめぐらされていた。お父《とう》さんの好《す》きな刑事《けいじ》もののテレビドラマでこんな光景《こうけい》を目《め》にしたことがある。警察《けいさつ》の留置所《りゅうちじょ》にそっくりだ。

ぼくは鉄格子《てつごうし》の間《あいだ》から向《む》こう側《がわ》の景色《けしき》をのぞき見《み》た。こちら側《がわ》と同《おな》じように小《ちい》さな窓《まど》がひとつだけあり、三方《さんぼう》はコンクリートで囲《かこ》まれている。まるで、鉄格子《てつごうし》を境目《さかいめ》にして、こちら側《がわ》を鏡《かがみ》に映《うつ》しているみたいな景色《けしき》だ。

ただひとつちがうところは、向《む》こう側《がわ》には階段《かいだん》があることだった。階段《かいだん》の上部《じょうぶ》からは明《あか》るい光《ひかり》が漏《も》れている。

「なにこれ？　気持《きも》ち悪《わる》い……」

美香《みか》ちゃんが壁《かべ》を見《み》つめながらつぶやいた。

壁《かべ》には黒《くろ》いペンキのようなもので人《ひと》の形《かたち》がえがかれている。小《ちい》さな子供《こども》でもかけそうなシンプルな絵《え》だ。シンプルだからこそよけい不気味《ぶきみ》だった。

絵《え》の右横《みぎよこ》には意味不明《いみふめい》の文字《もじ》が書《か》きなぐられ、絵《え》の中《なか》にはところどころ丸《まる》い形《かたち》のくぼみが存在《そんざい》した。

目《め》と口《くち》のあたりがくぼんでいて、じっとながめているとそれが恐怖《きょうふ》におびえてさけぶ人《ひと》の顔《かお》に

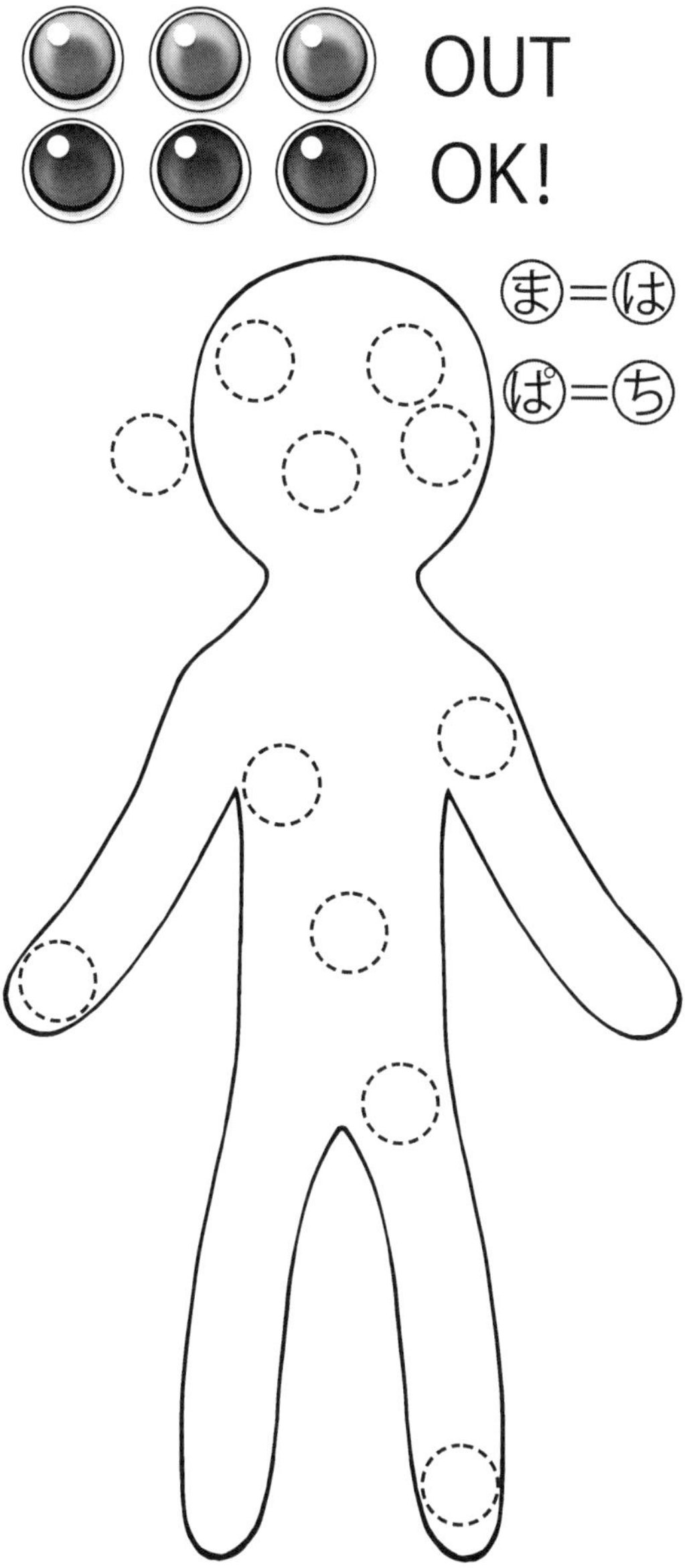

見《み》えてくる。確《たし》かにうす気味悪《きみわる》い。

落書《らくが》きの上《うえ》には青《あお》いランプと赤《あか》いランプがそれぞれ三《みっ》つずつ埋《う》めこまれていた。しかし照明《しょうめい》スイッチらしきものはどこにも見当《みあ》たらない。

ぼくたちは二十年前《にじゅうねんまえ》の事件《じけん》がきっかけで廃校《はいこう》となった古《ふる》びた小学校《しょうがっこう》にいたはずだ。それなのにどうして、こんなところでねむっていたのだろうか？

「俺《おれ》たちどうなっちまったんだ？　ひろし、おまえならわかるよな？」

こめかみをおさえながら立《た》ち上《あ》がったひろし君《くん》に卓郎君《たくろうくん》がつめ寄《よ》る。

「大《おお》きな声《こえ》を出《だ》さないでください。頭《あたま》がガンガンと痛《いた》みます」

まゆをひそめ、ひろし君《くん》がいった。

「あたしも頭《あたま》が痛《いた》い。それに口《くち》の中《なか》がカラカラなんだけど」

「オレもだ……チクショー、なんだよこれ」

美香《みか》ちゃんとたけし君《くん》がほぼ同時《どうじ》に口《くち》を開《ひら》いた。ハルナ先生《せんせい》はぼんやりと部屋《へや》のすみのウサギをながめたまま、ひとこともしゃべろうとしない。

「おそらく、なんらかの薬物《やくぶつ》の副作用《ふくさよう》でしょうね」

目《め》を細《ほそ》めながらひろし君《くん》はいった。メガネをかけていないので、周《まわ》りの景色《けしき》があまりよく見《み》えていないようだ。

「……薬物《やくぶつ》？」

「校舎《こうしゃ》の裏側《うらがわ》に回《まわ》って、侵入《しんにゅう》できる場所《ばしょ》を探《さが》していたとき、いきなり背後《はいご》から首《くび》をしめられ、ハンカチのようなもので口《くち》もとをおおわれました。そのハンカチにはなんらかの薬物《やくぶつ》を染《し》みこませてあったのでしょう。そのまま意識《いしき》を失《うしな》い、気《き》がついたらここにいました。おそらくみなさんも同《おな》じような経緯《けいい》だったのではありませんか？」

口調《くちょう》は相変《あいか》わらずだが、メガネをかけていないひろし君《くん》はいつもより子供《こども》っぽく見《み》える。

「オレも同《おな》じだ。オレ、小川《おがわ》のそばでみんなが帰《かえ》って来《く》るのを待《ま》つことにしたんだけど、道《みち》ばたに座《すわ》ってぼんやりしていたら、いきなり後《うし》ろからおそわれて……」

そのときのことを思《おも》い出《だ》したのか、くちびるを青《あお》くしながらたけし君《くん》はいった。

「卓郎君《たくろうくん》と美香《みか》さんは？」

「正直《しょうじき》、なにが起《お》こったのかさっぱりわかんねえんだ。ジャングルジムの向《む》こう側《がわ》で人影《ひとかげ》みたいなものが動《うご》いて、俺《おれ》、あの化《ば》け物《もの》が現《あらわ》れたんじゃねえかと思《おも》って、逃《に》げようとしたんだ。そうしたらいきなり後《うし》ろからものすごい力《ちから》で引《ひ》っ張《ぱ》られて、林《はやし》の中《なか》に引《ひ》きずりこまれ……気《き》がついたらここにいた」

「ジャングルジムの向《む》こう側《がわ》の様子《ようす》を探《さぐ》りにいった卓郎《たくろう》がいつまで経《た》ってももどってこないから心配《しんぱい》してそっちのほうへ行《い》ってみたら、あたしも同《おな》じように後《うし》ろからうでをつかまれて、ふり返《かえ》ろうとする前《まえ》に顔《かお》に布《ぬの》をかぶせられたの。それっきりなにもわからなくなっちゃった」

続《つづ》けて美香《みか》ちゃんが答《こた》える。

「先生《せんせい》は？」

ひろし君《くん》がたずねた。しかし、ハルナ先生《せんせい》はウサギを見《み》つめたまま微動《びどう》だにしない。

「……先生《せんせい》？」

「…………」

「ハルナ先生《せんせい》、どうかしましたか？　具合《ぐあい》でも悪《わる》いんですか」

ひろし君《くん》に肩《かた》をゆすられ、ようやく先生《せんせい》は我《われ》に返《かえ》ったように見《み》えた。ひろし君《くん》のほうを向《む》いて、

「ああ、ゴメンなさい。みんな大丈夫《だいじょうぶ》？　けがはなかった？」

トンチンカンな答《こた》えを返《かえ》す。

「先生《せんせい》もだれかにおそわれたんですか？」

「あ……ええ。気《き》がついたらこんなところに……。でも、みんな無事《ぶじ》でよかった。早《はや》くここから

出《で》ましょう」

そういうと先生《せんせい》は立《た》ち上《あ》がり、ドアに近《ちか》づいた。

「無駄《むだ》ですよ、先生《せんせい》。ドアにはカギがかかっています」

肩《かた》を上下《じょうげ》に動《うご》かし、半《なか》ばあきれた様子《ようす》で卓郎君《たくろうくん》がいった。

「だったら、こちらから……」

ハルナ先生《せんせい》は百八十度《ひゃくはちじゅうど》向《む》きを変《か》えると、鉄格子《てつごうし》の前《まえ》に歩《あゆ》み寄《よ》った。

よく見《み》ると、鉄格子《てつごうし》は一部分《いちぶぶん》が横《よこ》にスライドするように作《つく》られている。そこから外《そと》へ出《で》られるかと期待《きたい》したが、ハルナ先生《せんせい》が鉄格子《てつごうし》をつかんでもそれは動《うご》かなかった。鉄格子《てつごうし》の開閉部分《かいへいぶぶん》にはくさりが巻《ま》きつけられ、動《うご》かないように南京錠《なんきんじょう》で固定《こてい》されている。

「ダメね……びくともしない」

ハルナ先生《せんせい》はため息《いき》をついた。

「オレたち、ここに閉《と》じこめられちまったってこと?」

たけし君《くん》が不安《ふあん》そうな声《こえ》をもらす。

「大丈夫《だいじょうぶ》、大丈夫《だいじょうぶ》。こんなところ、すぐに脱出《だっしゅつ》できるから」

先生《せんせい》は笑《わら》ってみせたが、その表情《ひょうじょう》がぎこちないことはだれの目《め》にも明《あき》らかだった。

「ほら、そこに窓《まど》があるじゃない」

そういって、先生《せんせい》は天井近《てんじょうちか》くに小《ちい》さく開《あ》いた明《あ》かりとりの窓《まど》に近《ちか》づいた。

「無理《むり》だよ、先生《せんせい》。そんな小《ちい》さな窓《まど》、タケルでもくぐれないって」

たけし君《くん》がもっともなことを口《くち》にする。

「だけど、あそこからなら外《そと》の様子《ようす》がわかるじゃない。だれか通《とお》りかかったら大声《おおごえ》でさけんで助《たす》けてもらえばいいでしょう？」

先生《せんせい》は窓《まど》を見上《みあ》げた。

この中《なか》でいちばん背《せ》が高《たか》いのはハルナ先生《せんせい》だが、そんな彼女《かのじょ》がめいっぱいうでをのばしても天《てん》井付近《じょうふきん》にある窓《まど》には手《て》が届《とど》かない。ぴょんぴょんと飛《と》び上《あ》がってみたものの、指先《ゆびさき》がふれることさえなかった。

「なにか踏《ふ》み台《だい》になるようなものがあればいいんだけど……」

ぼくたちは周囲《しゅうい》をぐるりと見回《みまわ》した。

「あ……あそこ」

美香《みか》ちゃんが鉄格子《てつごうし》と壁《かべ》の境《さか》い目《め》を指差《ゆびさ》す。

そこには一辺《いっぺん》が三十《さんじっ》センチほどの立方体《りっぽうたい》の箱《はこ》がひっそりと置《お》いてあった。

箱《はこ》の表面《ひょうめん》は黒《くろ》く、窓《まど》から射《さ》しこむ光《ひかり》がまったく当《あ》たらない場所《ばしょ》にあったため、今《いま》までだれも気《き》づかなかったようだ。

箱《はこ》は金属《きんぞく》でできていて、見《み》た目《め》よりもずっと重《おも》かった。ひろし君《くん》、たけし君《くん》、卓郎君《たくろうくん》の三人《さんにん》がかりで引《ひ》きずり、窓《まど》の下《した》まで持《も》ってくる。

箱《はこ》の上《うえ》に乗《の》って飛《と》び上《あ》がり、ようやくハルナ先生《せんせい》は窓《まど》のはしをつかむことができた。しかし、そこから先《さき》に進《すす》めない。ハルナ先生《せんせい》の腕力《わんりょく》では、自分《じぶん》のからだを持《も》ち上《あ》げることができないようだ。

「先生《せんせい》、どいて」

卓郎君《たくろうくん》はハルナ先生《せんせい》を箱《はこ》から下《お》ろすと、助走《じょそう》をつけてその上《うえ》に飛《と》び乗《の》り、さらにジャンプして窓枠《まどわく》に手《て》をかけた。そこから懸垂《けんすい》をして軽々《かるがる》と全身《ぜんしん》を持《も》ち上《あ》げる。

「……あれ？」

窓《まど》の外《そと》をのぞき、卓郎君《たくろうくん》はけわしい表情《ひょうじょう》をうかべた。

「さびついたジャングルジムとすべり台《だい》が見《み》える。ここ……学校《がっこう》の中《なか》だ」

「学校《がっこう》？」

ハルナ先生《せんせい》は整《ととの》ったまゆを情《なさ》けなくゆがめた。

「学校《がっこう》の地下《ちか》に、どうしてこんな牢屋《ろうや》があるわけ？」

学校《がっこう》に地下牢《ちかろう》が存在《そんざい》する理由《りゆう》はわからないが、冷静《れいせい》になってみれば、ここが学校《がっこう》以外《いがい》の場所《ばしょ》だとは考《かんが》えにくい。だれにも気《き》づかれずにぼくたち全員《ぜんいん》を別《べつ》の場所《ばしょ》へ移動《いどう》させるなんて、そんなことが簡単《かんたん》にできたはずがないのだから。

「でも、まあよかった。ここがどこだかはっきりしたんだから。あとは警察《けいさつ》に連絡《れんらく》すれば……」

ハルナ先生《せんせい》はスカートのポケットに手《て》を入《い》れ、

「あ……あれ？」

あからさまに困《こま》った表情《ひょうじょう》をうかべた。

ポケットからとり出《だ》したハンカチで汗《あせ》をぬぐう。ピンク色《いろ》のハンカチにはテントウムシの刺繍《ししゅう》が入《はい》っていた。

「スマホがない……確《たし》かに、ここに入《い》れておいたんだけど。どこかで落《お》としちゃったのかな？ねえ、そのへんに転《ころ》がってない？」

みんなはうなだれて首《くび》を横《よこ》にふった。

転《ころ》がっているわけがない。ぼくたちをおそった犯人《はんにん》は、なにか理由《りゆう》があって、ここにみんなを閉《と》じこめたのだ。つまり、ぼくたちがここから逃《に》げ出《だ》したら困《こま》るわけで、だからスマホを残《のこ》しておくはずがなかった。

「僕《ぼく》のカメラもなくなっています」

ポケットに手《て》を入《い》れながら、ひろし君《くん》がいった。

「残《のこ》っていたのはかるただけです」

これはちょっとまずいことになったかもしれない。

だれにも気《き》づかれぬようため息《いき》をつく。

校舎《こうしゃ》も校庭《こうてい》もお化《ば》け屋敷《やしき》かと思《おも》うくらいあれ果《は》てていた。すぐ近《ちか》くのキャンプ場《じょう》には東小《ひがししょう》の子《こ》供《ども》たちが大勢《おおぜい》いるが、ここへやって来《こ》ようなどと考《かんが》える物好《ものず》きは、おそらくひとりもいないだろう。だれかが偶然《ぐうぜん》、そばを通《とお》りかかるとは考《かんが》えにくい。大声《おおごえ》で助《たす》けを呼《よ》んでも、だれの耳《みみ》にも届《とど》かない可能性《かのうせい》のほうが高《たか》かった。

「大丈夫《だいじょうぶ》だって。みんな、元気《げんき》を出《だ》して。卓郎君《たくろうくん》と美香《みか》ちゃんがいないとわかったら、東小《ひがししょう》の先《せん》生《せい》たちが捜《さが》しに来《き》てくれるはずだから」

ハルナ先生《せんせい》は無理《むり》に明《あか》るくふるまっている。

「そうだな……それまでの辛抱《しんぼう》だ」

たけし君《くん》が力《ちから》なく笑《わら》った。

確《たし》かに先生《せんせい》のいうとおりだ。卓郎君《たくろうくん》と美香《みか》ちゃんの姿《すがた》が消《き》えたとわかれば、そのうちこの周辺《しゅうへん》の捜索《そうさく》が始《はじ》まるだろう。

だけど……それでは遅《おそ》いかもしれない。

ここで目覚《めざ》めたときから気《き》づいていた。

この牢屋《ろうや》には怪物《かいぶつ》の悪臭《あくしゅう》が濃《こ》く染《し》みついている。

たぶん、ここは怪物《かいぶつ》の寝床《ねどこ》なのだ。

すぐそばにあいつがいることは気配《けはい》でわかった。

助《たす》けを待《ま》つなんて悠長《ゆうちょう》なことはいっていられない。

ぼくたちの力《ちから》でここから脱出《だっしゅつ》しなければ。

12 地下牢《ちかろう》のパズル

どうすればいい？

目《め》を閉《と》じて気持《きも》ちを落《お》ち着《つ》けたあと、ぼくはもう一度《いちど》地下牢全体《ちかろうぜんたい》を見渡《みわた》した。

ドアはロックされている。開《あ》けるにはカギが必要《ひつよう》だ。鉄格子《てつごうし》も同様《どうよう》。そこから逃《に》げようと思《おも》ったら、くさりを固定《こてい》している南京錠《なんきんじょう》のカギを探《さが》さなければならない。

これがお父《とう》さんの企画《きかく》する脱出《だっしゅつ》ゲームであるなら、どこかにカギがかくされているわけだけど……。

かすかな期待《きたい》とともに、ぼくは視線《しせん》を移動《いどう》させた。

たとえば、箱《はこ》の中《なか》はどうだろう？

ぼくは黒《くろ》い鉄製《てつせい》の箱《はこ》に近《ちか》づいた。箱《はこ》の表面《ひょうめん》には三日月《みかづき》の形《かたち》をしたシールがいくつもはりつけてある。

一見《いっけん》すると金庫《きんこ》のようだが、ダイヤルもカギ穴《あな》もない。

取《と》っ手《て》も見当《みあ》たらないから、開《あ》けることはできそうになかった。

どこかにカギが落《お》ちていないだろうか？　と床《ゆか》をかぎまわるうちに、部屋《へや》のすみできみょうなものを発見《はっけん》した。さっきまで黒《くろ》い箱《はこ》が置《お》いてあった場所《ばしょ》だ。どうやら、箱《はこ》の下敷《したじ》きになっていたらしい。

そこにはプラスチック製《せい》の丸《まる》い札《ふだ》のようなものが何十枚《なんじゅうまい》も散《ち》らばっていた。表面《おもてめん》にはそれぞれ異《こと》なるひらがなが一文字《いちもじ》だけ記《しる》されている。ひろし君《くん》の持《も》っていた、かるたによく似《に》ていた。

ねえ、こっちへ来《き》て！

ぼくはひろし君《くん》の名《な》を呼《よ》んだ。

「ん？　どうした？」

ぼくの意思《いし》は正確《せいかく》に伝《つた》わらず、ひろし君《くん》ではなくたけし君《くん》が近寄《ちかよ》ってくる。

「なんだ、これ？」

丸《まる》い札《ふだ》を一枚拾《いちまいひろ》い上《あ》げ、たけし君《くん》は首《くび》をひねった。たけし君《くん》が手《て》にした札《ふだ》には〈ろ〉と記《しる》されている。

「〈さ〉……〈に〉……〈け〉……ひらがなの書《か》いてあるカードがいっぱいあるんだけど」

「あたしにも見《み》せて」

美香《みか》ちゃんが〈よ〉の札《ふだ》を拾《ひろ》い上《あ》げた。

「ねえ、これって……」

「なになに？　なにかわかったの？」

「べつにたいしたことじゃないんだけど……この形《かたち》、この大《おお》きさ……あそこにぴったりとはまるんじゃない？」

壁《かべ》に目《め》をやり、美香《みか》ちゃんはいった。視線《しせん》の先《さき》には不気味《ぶきみ》な落書《らくが》きがある。落書《らくが》きの中《なか》の丸《まる》いくぼみは美香《みか》ちゃんのいうとおり、札《ふだ》の形状《けいじょう》とよく似《に》ていた。

美香《みか》ちゃんは壁《かべ》の落書《らくが》きに近《ちか》づくと、〈よ〉の札《ふだ》を右目《みぎめ》のくぼみにはめこんだ。札《ふだ》はすきまなくぴたりとおさまった。

「おおっ！」

どうなるかと様子《ようす》を見守《みまも》っていたたけし君《くん》が感嘆《かんたん》の声《こえ》をあげる。

次《つぎ》の瞬間《しゅんかん》、室内《しつない》に重苦《おもくる》しいブザーの音《おと》が鳴《な》りひ

びいた。同時《どうじ》に、落書《らくが》きの上《うえ》にとりつけてあった赤《あか》いランプがひとつ点灯《てんとう》する。

「なにこれ？　どういうこと？」

美香《みか》ちゃんはあたふたと落《お》ち着《つ》きなくあたりを見回《みまわ》した。しっかり者《もの》の美香《みか》ちゃんにしてはめずらしく動揺《どうよう》している。

みんなの視線《しせん》が美香《みか》ちゃんに集中《しゅうちゅう》した。

「なにをしたのですか？」

目《め》を細《ほそ》め、ひろし君《くん》がたずねた。メガネがないため、状況《じょうきょう》がよくわかっていないらしい。

「あたしはべつになにも。そこにあった丸《まる》いカードをここにはめこんだら突然《とつぜん》――」

「オレもやってみようっと」

「あ、待《ま》ってください」

ひろし君《くん》の呼《よ》び止《と》める声《こえ》を聞《き》こうとせず、今度《こんど》はたけし君《くん》が右手《みぎて》に持《も》っていた〈ろ〉の札《ふだ》を左《ひだり》目《め》にはめこんだ。こちらもくぼみにきっちりとはまった。

再《ふた》びブザーが鳴《な》り、ふたつめの赤《あか》ランプがともった。

「へへ、なんだか面白《おもしろ》いや。もしかして、この落書《らくが》きのくぼみを全部《ぜんぶ》埋《う》めたら、ドアが開《ひら》いたりするんじゃないのか？」

たけし君《くん》は鼻《はな》の下《した》をこすると、部屋《へや》のすみにかけ寄《よ》って、床《ゆか》にちらばった丸《まる》い札《ふだ》を両手《りょうて》いっぱいにつかんだ。

「バカ、それ以上《いじょう》はやめろ！」

卓郎君《たくろうくん》が怒鳴《どな》る。

「え？　なんでだよ？」

たけし君《くん》は不満《ふまん》そうにいった。

「赤《あか》いランプのはしをよく見《み》てみろ」

「ランプのはし？」

いわれたとおり、三《みっ》つ並《なら》んだ赤《あか》ランプの右《みぎ》はしに目《め》をやる。そこには赤《あか》いペンキで〈OUT〉と記《しる》されていた。

「……オウト？」

「アウトだよ。三《みっ》つめの赤《あか》いランプがついたらアウト——それでおしまいってことだ」

「え……ええっ!?」

「青《あお》いランプの横《よこ》には〈OK《オーケー》〉と書《か》いてありますね」

メガネなしではよく見《み》えないのだろう。壁《かべ》に顔《かお》を近《ちか》づけながら、ひろし君《くん》がいった。

「なるほど――なんとなくわかってきました」

「わかったってなにが？」

たけし君《くん》がきく。

「ジェイルハウスでのできごとを思《おも》い出《だ》してみてください。あのとき、僕《ぼく》たちは部屋《へや》に用意《ようい》されたなぞを解《と》くことで、出口《でぐち》へと近《ちか》づいていきました。今回《こんかい》も同《おな》じなのではないでしょうか？」

「落書《らくが》きのくぼみに、正《ただ》しい札《ふだ》をはめこめばここから脱出《だっしゅつ》できるっていうのか？」

「さあ？　それはなんともわかりませんが」

壁《かべ》のランプを見上《みあ》げ、ひろし君《くん》は続《つづ》けた。

「青《あお》いランプは三《みっ》つ。三枚《さんまい》の札《ふだ》を正《ただ》しい場所《ばしょ》にはめれば、この先《さき》に進《すす》めるのではありませんか？」

「ちょっと待《ま》ってよ」

美香《みか》ちゃんが口《くち》をはさむ。

「ジェイルハウスに閉《と》じこめられたときに解《と》いた問題《もんだい》は、もともとイベント用《よう》に用意《ようい》されたものだったでしょ？　でも、今回《こんかい》はちがう。こんなオンボロの小学校跡《しょうがっこうあと》になんでそんなものがあるわけ？」

「それは僕《ぼく》にもわかりませんが……。もしかしたら、この学校《がっこう》の子供《こども》たちのために作《つく》られたゲームが残《のこ》っていただけなのかもしれません。だけど、このままなにもせずにぼんやりしているのであれば、わずかな可能性《かのうせい》にかけてみるべきだと思《おも》いませんか？」

「…………」

ひろし君《くん》の迫力《はくりょく》におされたのか、美香《みか》ちゃんはだまりこんでしまった。

「で、あんたには正解《せいかい》がわかるの？」

「たぶん。それほど難《むずか》しい問題《もんだい》ではないでしょう」

ひろし君《くん》はそう口《くち》にすると、うで組《ぐ》みをし、壁《かべ》の落書《らくが》きをじっとにらみつけた。

「壁《かべ》のすみにえがかれた〈ま＝は〉〈ぱ＝ち〉が、おそらくなぞを解《と》くカギになっているのだと思《おも》います」

「〈ま＝は〉ってどういうことだろ？　〈ま〉と〈は〉が同《おな》じ？　なんとなく形《かたち》は似《に》ているけれど……」

たけし君《くん》もひろし君《くん》の真似《まね》をしてうで組《ぐ》みをする。

「ま……は……ぱ……ち……うーん、全然《ぜんぜん》わかんない」

「あ、もしかしたら」

ひろし君《くん》がパチンと手《て》のひらをたたいた。

「正解《せいかい》がわかったのか？」

卓郎君《たくろうくん》が身《み》を乗《の》り出《だ》す。

「たぶん」

「じゃあ、すぐに札《ふだ》をはめこんで――」

「しかし確証《かくしょう》がありません。おてつきはあと一回《いっかい》だけ。失敗《しっぱい》はもうゆるされませんから慎重《しんちょう》に進《すす》めていかないと……」

そういって、ひろし君《くん》はきょろきょろとあたりを見回《みまわ》した。

「どこかになぞを解《と》くヒントがまだかくされているかもしれません。申《もう》し訳《わけ》ありませんが、みなさんで手分《てわ》けして探《さが》していただけますか？」

ひろし君《くん》は周《まわ》りがあまり見《み》えていない。ぼくたちがひろし君《くん》の目《め》になってあげなければ。

「よし、わかった。ちょっと待《ま》ってろ」

そう返答《へんとう》すると、卓郎君《たくろうくん》は床《ゆか》にはいつくばった。美香《みか》ちゃんは壁《かべ》に顔《かお》を寄《よ》せる。たけし君《くん》は窓《まど》の下《した》に置《お》かれた黒《くろ》い箱《はこ》の表面《ひょうめん》を調《しら》べ始《はじ》めた。

こうしちゃいられない。ぼくもみんなの役《やく》に立《た》たなければ。

視界《しかい》のすみにハルナ先生《せんせい》の姿《すがた》が入《はい》った。先生《せんせい》は壁《かべ》にもたれかかったまま、じっと同《おな》じ場所《ばしょ》を見《み》つめている。視線《しせん》の先《さき》にいるのはうずくまったまま身動《みうご》きひとつしないウサギだ。

ウサギはふるえながら、前脚《まえあし》をぺろぺろとなめ続《つづ》けていた。なにかにおびえているようだ。

一体《いったい》、なににおびえているのだろう？

ウサギからハルナ先生《せんせい》のほうへと視線《しせん》を移《うつ》す。

先生《せんせい》はこれまで見《み》たことのない恐《おそ》ろしい形相《ぎょうそう》で、ウサギをにらんでいた。

もしかして……ウサギはハルナ先生《せんせい》のことをこわがっている？

13 地下牢《ちかろう》からの脱出《だっしゅつ》

「おい、見《み》つけたぞ」

床《ゆか》にはいつくばって手《て》がかりを探《さが》していた卓郎君《たくろうくん》が、一分《いっぷん》と経《た》たないうちに声《こえ》をあげた。

さすが卓郎君《たくろうくん》だ。どんなことでも難《なん》なくこなしてしまう。

ぼくは卓郎君《たくろうくん》のそばにかけ寄《よ》った。部屋《へや》の中央《ちゅうおう》あたりにマジックペンのようなもので落書《らくが》きがされている。

(ご)＝PM《ピーエム》

床《ゆか》にはそう記《しる》されていた。ひらがな一文字《いちもじ》が丸《まる》で囲《かこ》まれていたり、イコールの記号《きごう》が混《ま》ざっていたりするから、これは壁《かべ》に記《しる》された落書《らくが》きと同《おな》じ種類《しゅるい》のものだと考《かんが》えていいだろう。

「……どうやら、僕《ぼく》の導《みちび》き出《だ》した解答《かいとう》はまちがっていなかったみたいですね」

卓郎君《たくろうくん》の見《み》つけた落書《らくが》きをのぞきこみ、ひろし君《くん》は満足《まんぞく》そうにうなずいた。

「一体《いったい》、どういうことだよ。俺《おれ》にはさっぱり――」

「あたしも見《み》つけた！」

今度《こんど》は美香《みか》ちゃんがさけんだ。ぼくは床《ゆか》をけり、美香《みか》ちゃんのそばへと移動《いどう》した。そのうしろをひろし君《くん》と卓郎君《たくろうくん》がついてくる。

Ⓛ＝ライオン

窓《まど》の下《した》――美香《みか》ちゃんの目線《めせん》の位置《いち》にその落書《らくが》きはあった。文字《もじ》は小《ちい》さく、ぼんやりながめていただけではただのシミとまちがえてしまいそうだ。よほど注意深《ちゅういぶか》く観察《かんさつ》しなければわからない。

美香《みか》ちゃんの見《み》つけた手《て》がかりで、さらなる確信《かくしん》を得《え》たのだろう。ひろし君《くん》はその場《ば》にしゃがみこむと、床《ゆか》に散《ち》らばった丸《まる》い札《ふだ》を一枚一枚《いちまいいちまい》手《て》にとり、顔《かお》の前《まえ》に近《ちか》づけていった。

「ああ、なるほど。そういうことか」

卓郎君《たくろうくん》もピンとくるものがあったらしい。

「よし、俺《おれ》も手伝《てつだ》うぜ」

ひろし君《くん》の肩《かた》をたたくと、卓郎君《たくろうくん》も札《ふだ》を調《しら》べ始《はじ》めた。

「なによ、ふたりだけで勝手《かって》に盛《も》り上《あ》がっちゃって。ヤな感《かん》じ。あたしはまだ全然《ぜんぜん》わかってないんだけど」

美香《みか》ちゃんはくちびるをとがらせ、ろこつに不機嫌《ふきげん》な表情《ひょうじょう》を見《み》せた。どうやら、ひろし君《くん》と卓《たく》郎君《ろうくん》が意気投合《いきとうごう》してしゃべっていると、美香《みか》ちゃんは機嫌《きげん》が悪《わる》くなるみたいだ。理由《りゆう》はよくわからない。

「心配《しんぱい》するな、美香《みか》ちゃん。オレもわかってないから」

黒《くろ》い箱《はこ》をべたべたとさわっていたたけし君《くん》がなぜか胸《むね》を張《は》って答《こた》える。その発言《はつげん》に、美香《みか》ちゃんの表情《ひょうじょう》はますます険《けわ》しくなった。

「あ、見《み》つけた」

箱《はこ》をななめに傾《かたむ》け、底《そこ》の面《めん》をのぞきこんだところで、たけし君《くん》がはずんだ声《こえ》を出《だ》した。たけし君《くん》のひざもとへスライディングして、ぼくも箱《はこ》の底《そこ》を確認《かくにん》する。

なイコールなな？　まるで、〈な〉のオンパレードだ。

……あ。

たけし君《くん》の見《み》つけたヒントで、ぼくもようやく真相《しんそう》に気《き》がついた。顔《かお》を上《あ》げ、壁《かべ》の落書《らくが》きをもう一度《いちど》確認《かくにん》する。

㋮＝㋩
㋫＝㋠

なるほど。わかってみれば簡単《かんたん》なこと。元気《げんき》だったころのお母《かあ》さんと、今朝《けさ》仕事《しごと》に出《で》かけるときにぼくの頭《あたま》をなでてくれたお父《とう》さんの顔《かお》を思《おも》い出《だ》す。

答《こた》えは単純明快《たんじゅんめいかい》だが、このふたつのヒントだけで真相《しんそう》にたどり着《つ》いたひろし君《くん》はやっぱりすごい。ただものじゃないと思《おも》った。

㋙＝ＰＭ《ピーエム》
㋛＝ライオン

いきなりアルファベットが登場《とうじょう》してかなり混乱《こんらん》したけれど、正解《せいかい》を知《し》ったうえでもう一度《いちど》ながめてみると、このヒントはかなり親切《しんせつ》だ。ＰＭ《ピーエム》という単語《たんご》は、お父《とう》さんが使《つか》っているデジタル式《しき》の目覚《めざ》まし時計《どけい》に書《か》いてあるので知《し》っていた。

㊅＝7

そして、このヒント。これはもうほとんど答《こた》えをいっているようなものだろう。ぼくと同時《どうじ》に、美香《みか》ちゃんもこれらの落書《らくが》きの意味《いみ》に気《き》がついたらしい。ひろし君《くん》たちといっしょに必要《ひつよう》な札《ふだ》を探《さが》し始《はじ》める。

「ひろし、見《み》つけたぞ」

卓郎君《たくろうくん》が〈み〉と書《か》かれた札《ふだ》を頭上《ずじょう》に持《も》ち上《あ》げた。

「あたしも」

美香《みか》ちゃんは〈も〉の札《ふだ》をみんなに見《み》せる。

「あと一枚《いちまい》はおそらくこれだと思《おも》うのですが」

ひろし君《くん》が手《て》にとったのは〈ほ〉の札《ふだ》だった。

「え、なに？　どういうこと？」

まだわからないのか、たけし君《くん》だけがきょとんとした表情《ひょうじょう》をうかべている。

「じゃあ、俺《おれ》からいくぞ」

壁《かべ》にえがかれた人形《ひとがた》の落書《らくが》きの前《まえ》に立《た》ち、まず卓郎君《たくろうくん》が〈み〉の札《ふだ》を顔《かお》の横《よこ》の穴《あな》にはめこんだ。

先《さき》ほどまでのブザーとは異《こと》なる軽《かろ》やかなチャイム音《おん》が鳴《な》りひびき、青《あお》いランプがひとつともる。

「よしっ！」

卓郎君《たくろうくん》はガッツポーズを決《き》めると、美香《みか》ちゃんに立《た》ち位置《いち》をゆずった。

美香《みか》ちゃんが〈も〉の札《ふだ》を脚《あし》の部分《ぶぶん》のくぼみにはめこむ。再《ふたた》びチャイム音《おん》が鳴《な》り、ふたつめの青《あお》ランプが点灯《てんとう》した。

最後《さいご》はひろし君《くん》だった。〈ほ〉の札《ふだ》を顔《かお》の右側《みぎがわ》にできたくぼみにはめる。

ぼくは祈《いの》るような気持《きも》ちで青《あお》いランプを見上《みあ》げた。

ピンポーン

チャイムの音《おと》とともに、三《みっ》つめのランプに青《あお》い明《あ》かりがともる。同時《どうじ》に、黒《くろ》い箱《はこ》からカチリとロックのはずれるような音《おと》が聞《き》こえ、一面《いちめん》がゆっくりと外側《そとがわ》に開《ひら》いた。

自分《じぶん》の見《み》せ場《ば》を作《つく》るなら今《いま》しかないと思《おも》ったのだろう。たけし君《くん》はものすごい勢《いきお》いで箱《はこ》に飛《と》びつくと、手《て》を入《い》れて中身《なかみ》をとり出《だ》した。

「見《み》つけたぞ！」

箱《はこ》の中《なか》に入《はい》っていたものを、たけし君《くん》が頭上《ずじょう》高《たか》く持《も》ち上《あ》げる。

「それでドアを開《あ》けるつもりか？」

卓郎君《たくろうくん》があきれたようにいった。

「……へ？」

たけし君《くん》が手《て》に持《も》っていたものは魚釣《さかなつ》りで使《つか》うウキだった。

「なんだ、これ？　どうして、こんなものが大事《だいじ》そうにしまってあるんだよ」

たけし君《くん》は顔《かお》を真《ま》っ赤《か》にしながら、ウキを床《ゆか》にたたきつけた。

「もっときちんと確認《かくにん》してください。カギも入《はい》っていましたよ」

箱《はこ》の中《なか》からひろし君《くん》がとり出《だ》したそれは、平凡《へいぼん》なカギだった。平凡《へいぼん》ではあるけれど、窓《まど》から射《さ》しこむ光《ひかり》を反射《はんしゃ》して銀色《ぎんいろ》にかがやくその姿《すがた》はとてもまぶしく、まるで宝物《たからもの》みたいだ。

「オレに貸《か》せ」

ひろし君《くん》の手《て》から強引《ごういん》にカギをうばいとると、たけし君《くん》はドアの前《まえ》まで走《はし》った。ノブの下《した》の鍵《かぎ》穴《あな》にそれを差《さ》しこむ。

「あ……あれ？」

得意《とくい》げだった表情《ひょうじょう》が一気《いっき》にくもった。

「うまく入《はい》らないんだけど」

「残念《ざんねん》ながら、このドアのカギではないようですね」

鍵穴《かぎあな》をのぞきこみ、ひろし君《くん》はいった。

「なんだよ、ぬか喜《よろこ》びか？」

卓郎君《たくろうくん》がくちびるを突《つ》き出《だ》す。

「ホント、おまえは使《つか》えないなあ」

「そんなこといわないでくれる？　ドアが開《あ》かないのはべつにオレのせいじゃないだろ？」

「あちらはどうでしょうか？」

今《いま》にも泣《な》きだしそうなたけし君《くん》にひろし君《くん》が助《たす》け船《ぶね》を出《だ》した。ひろし君《くん》の指《さ》し示《しめ》す先《さき》には、鉄《てっ》格子《ごうし》に巻《ま》きつけられたくさりが見《み》える。

「そうか。サンキュー、ひろし」

たけし君《くん》は鉄格子《てつごうし》の前《まえ》へとダッシュし、くさりにとりつけられた南京錠《なんきんじょう》にカギを差《さ》しこんだ。錠《じょう》のはずれる気持《きも》ちよい音《おと》が耳《みみ》に届《とど》く。

「やった！」

たけし君《くん》がくさりをはずし、すかさず卓郎君《たくろうくん》が鉄格子《てつごうし》を横《よこ》にスライドさせた。

出口《でぐち》が開《ひら》くと同時《どうじ》に、真《ま》っ先《さき》にそこから飛《と》び出《だ》していったのは牢屋《ろうや》のすみでふるえていたウサギだった。

ぼくよりも素早《すばや》い動《うご》きで、階段《かいだん》を一気《いっき》にかけ上《あ》がっていく。ただふるえているだけかと思《おも》ったが、脱出《だっしゅつ》できる機会《きかい》を今《いま》か今《いま》かとしたたかにうかがっていたらしい。

「あ――」

次《つぎ》に牢《ろう》から飛《と》び出《だ》したのはハルナ先生《せんせい》だった。ぼくたちのことなどまったく目《め》に入《はい》っていない様子《ようす》で、ウサギを追《お》いかけていく。

「先生《せんせい》、待《ま》ってください。ひとりで行動《こうどう》するのは危険《きけん》です」

呼《よ》び止《と》めるひろし君《くん》の声《こえ》もまるで聞《き》こえていないようだ。

「あの人《ひと》、どうしちゃったんだよ？」

卓郎君《たくろうくん》がまゆをひそめる。

「最初《さいしょ》からたよりなさそうな先生《せんせい》だとは思《おも》っていたけど、ここに閉《と》じこめられてからずっとうわのそらじゃねえか。ウサギを見《み》てぼんやりしているだけでさあ」

「なんだろ？　オレも気《き》になってたんだけど、ウサギをにらみつける顔《かお》がこわくて……。ここに閉《と》じこめられるまでは普通《ふつう》だったんだけどな」

たけし君《くん》のいうとおりだ。ハルナ先生《せんせい》の態度《たいど》は急《きゅう》におかしくなった。でも、それはここで目《め》を覚《さ》ましたときじゃない。みんなは気《き》づいていなかったかもしれないが、それよりももう少《すこ》し前《まえ》からだった。

ジャングルジムの向《む》こう側《がわ》からウサギが飛《と》び出《だ》してきて以降《いこう》、ハルナ先生《せんせい》の様子《ようす》はおかしくなった。ウサギの右耳《みぎみみ》がちぎれているのと卓郎君《たくろうくん》が口《くち》にした瞬間《しゅんかん》、先生《せんせい》の顔《かお》つきが変《か》わったことを覚《おぼ》えている。先生《せんせい》はあのウサギについてなにか知《し》っているにちがいない。

一瞬《いっしゅん》、地面《じめん》がゆれた。頭上《ずじょう》からなにか重《おも》たいものが倒《たお》れたような音《おと》が聞《き》こえてくる。続《つづ》けて、お父《とう》さんのいびきを百倍《ひゃくばい》くらい大《おお》きくしたみたいな低《ひく》く太《ふと》いうなり声《ごえ》がひびいた。

みんながいっせいに顔《かお》を見合《みあ》わせる。その不快《ふかい》な音《おと》には聞《き》き覚《おぼ》えがあった。だが、だれもそのことを口《くち》にしない。それはぼくも同《おな》じだった。現実《げんじつ》を認《みと》めたくなかったのだ。

「おい。あの先生《せんせい》、ヤバいんじゃねえのか？」

最初《さいしょ》に動《うご》いたのは卓郎君《たくろうくん》だった。鉄格子《てつごうし》の外《そと》に出《で》て、まっすぐ階段《かいだん》へと向《む》かう。

「待《ま》ってください！　うかつに動《うご》くのは危険《きけん》です！」

「そんなこといってられねえだろ？」

こちらをふり返《かえ》って、卓郎君《たくろうくん》はさけんだ。

「あの先生《せんせい》は化《ば》け物《もの》の恐《おそ》ろしさを知《し》らねえんだぞ。のこのことそばに近《ちか》づいていったりしたら――」

「卓郎《たくろう》、後《うし》ろ！」

美香《みか》ちゃんが悲鳴《ひめい》に近《ちか》い声《こえ》をあげた。

階段《かいだん》の上《うえ》から何者《なにもの》かのうでがのび、手《て》すりをつかむ。

その手《て》は大《おお》きく、ブルーベリーに似《に》た色《いろ》をしていた。

14 怪物《かいぶつ》、ふたたび

犬《いぬ》という動物《どうぶつ》は本来《ほんらい》、忘《わす》れっぽい生《い》き物《もの》だ。

それは人間《にんげん》の言葉《ことば》を理解《りかい》するぼくでも例外《れいがい》ではなかった。日常《にちじょう》で起《お》こったささいなできごとなどは、わりとあっさり記憶《きおく》から消《き》えてしまうことが多《おお》い。

ジェイルハウスで青《あお》い肌《はだ》を持《も》つ巨人《きょじん》と出会《であ》ってから一週間《いっしゅうかん》。あのときのできごとは、ぼくのこれまでの人生《じんせい》――いや、犬生《けんせい》の中《なか》でも一《いち》、二《に》を争《あらそ》う特別《とくべつ》なものだったけれど、それすらも時間《じかん》の経過《けいか》とともに少《すこ》しずつぼんやりし始《はじ》めている。

あまりにも非現実的《ひげんじつてき》なできごとだったため、もしかしたらあれは夢《ゆめ》だったのかもしれない――そんなふうに感《かん》じるようにもなっていた。

でも、目《め》の前《まえ》の恐《おそ》ろしい光景《こうけい》を見《み》たとたん、ぼくはあの日《ひ》のできごとをすべて思《おも》い出《だ》した。

この世《よ》のものとは思《おも》えない恐《おそ》ろしい形相《ぎょうそう》の怪物《かいぶつ》が階段《かいだん》の上《うえ》に立《た》っている。

顔《かお》の半分以上《はんぶんいじょう》を埋《う》めつくすほどの大《おお》きな目玉《めだま》が、左右別々《さゆうべつべつ》の方向《ほうこう》へと動《うご》いた。口《くち》もとに不気味《ぶきみ》な笑《え》みをうかべ、よだれをすすり上《あ》げる。

怪物《かいぶつ》の存在感《そんざいかん》に圧倒《あっとう》されたのか、卓郎君《たくろうくん》は頭上《ずじょう》を見上《みあ》げたまま、階段《かいだん》の下《した》で固《かた》まっていた。

怪物《かいぶつ》がゆっくりと卓郎君《たくろうくん》のいる方向《ほうこう》へ顔《かお》を動《うご》かす。口《くち》のはしからはするどい牙《きば》が見《み》えかくれした。

「卓郎《たくろう》、逃《に》げてっ！」

美香《みか》ちゃんのさけび声《ごえ》で我《われ》に返《かえ》ったらしい。卓郎君《たくろうくん》はこちらに向《む》きを変《か》えると、素早《すばや》くコンクリートの床《ゆか》をけって走《はし》り出《だ》した。

ほぼ同時《どうじ》に、怪物《かいぶつ》が階段《かいだん》から飛《と》び下《お》り、ついさっきまで卓郎君《たくろうくん》が立《た》っていた場所《ばしょ》に着地《ちゃくち》した。

地面《じめん》がゆれ、砂《すな》ぼこりが舞《ま》い上《あ》がる。

四本脚《よんほんあし》で立《た》っているぼくは、なんとか衝撃《しょうげき》にたえることができたけど、ほかのみんなは地《じ》ひびきでバランスをくずし、その場《ば》に倒《たお》れこんだ。

卓郎君《たくろうくん》も床《ゆか》にひざをついてあたふたしている。すぐ背後《はいご》まで怪物《かいぶつ》がせまっていた。

「卓郎《たくろう》、急《いそ》いでっ！」

のどがさけるんじゃないかと心配《しんぱい》になるくらい、美香《みか》ちゃんが声《こえ》を張《は》りあげる。

卓郎君《たくろうくん》はすぐに立《た》ち上《あ》がったが、彼《かれ》の右肩《みぎかた》に巨大《きょだい》な手《て》が覆《おお》いかぶさった。

怪物《かいぶつ》の口《くち》が一気《いっき》に耳《みみ》までさける。

「いやあああああっ！」

美香《みか》ちゃんの悲鳴《ひめい》が壁《かべ》に反響《はんきょう》した。

「卓郎《たくろう》っ！」

鉄格子《てつごうし》をすりぬけ、美香《みか》ちゃんは卓郎君《たくろうくん》に近《ちか》づこうとした。

大量《たいりょう》のよだれとともに、怪物《かいぶつ》が牙《きば》をむき出《だ》しにする。

卓郎君《たくろうくん》は必死《ひっし》で抵抗《ていこう》しているが、おさえこまれた右肩《みぎかた》はまったく動《うご》かない。

「やめて！　卓郎《たくろう》から手《て》を離《はな》して！」

大声《おおごえ》をあげる美香《みか》ちゃんのほうに、怪物《かいぶつ》は顔《かお》を向《む》けた。

ダメだ。このままではふたりとも食《た》べられてしまう。

どうしたらこのピンチを切《き》りぬけられるだろうか？　と頭《あたま》で考《かんが》えるよりも先《さき》に、ぼくのからだは勝手《かって》に動《うご》いていた。

助走《じょそう》をつけ、勢《いきお》いよくジャンプする。ぼくはそのまま、怪物《かいぶつ》の右《みぎ》うでにかみついた。


ぶおおおっ！


こまくがやぶれるんじゃないかと不安《ふあん》になるくらいのおたけびをあげ、怪物《かいぶつ》は卓郎君《たくろうくん》の肩《かた》から右手《みぎて》を離《はな》した。

からだが自由《じゆう》になった卓郎君《たくろうくん》が、美香《みか》ちゃんに引《ひ》っ張《ぱ》られて鉄格子《てつごうし》のほうへと走《はし》る。これでひとまずは安心《あんしん》だ。

ぶおおおおおおっ!

おたけびとともに、怪物《かいぶつ》は右《みぎ》うでを乱暴《らんぼう》に動《うご》かした。ぼくをふり落《お》とそうとしているのだろう。

そうはさせるか。

ぼくはあごに力《ちから》を入《い》れ、怪物《かいぶつ》のうでにさらに牙《きば》をくいこませた。

「タケル、危《あぶ》ないっ!」

たけし君《くん》の声《こえ》が聞《き》こえた。目《め》の前《まえ》に怪物《かいぶつ》の左手《ひだりて》がせまる。どうやら、ぼくをはらい落《お》とそうとしているらしい。

あんなにも大《おお》きな手《て》でたたかれて無事《ぶじ》でいられるはずがない。ぼくはあごの力《ちから》をゆるめ、怪物《かいぶつ》のうでから牙《きば》をぬいた。そのとたん、空中《くうちゅう》に放《ほう》り出《だ》される。

あ、まずい。

ぼくは目《め》を閉《と》じた。

スピードがありすぎて、体勢《たいせい》を立《た》て直《なお》すことができない。このままだと床《ゆか》に激突《げきとつ》してしまう。覚悟《かくご》を決《き》めて歯《は》をくいしばったが、予想《よそう》に反《はん》し、ぼくのからだはやさしく受《う》け止《と》められた。おそるおそるまぶたを開《ひら》く。ほっとした表情《ひょうじょう》のひろし君《くん》の顔《かお》が目《め》の前《まえ》にあった。鉄格子《てつごうし》の外《そと》に飛《と》び出《だ》し、ぼくをキャッチしてくれたらしい。

だが、ひと息《いき》ついているひまなどなかった。怪物《かいぶつ》がぼくたちのほうにまっすぐ突《つ》き進《すす》んでくる。おたけびはますます大《おお》きくなった。そのさけび声《ごえ》だけで明《あ》かりとりの窓《まど》がガチャガチャと振《しん》動《どう》する。

怪物《かいぶつ》のこめかみには太《ふと》い血管《けっかん》がうき出《だ》していた。ずいぶんと怒《おこ》らせてしまったらしい。

「ひろし、こっちだ！」

鉄格子《てつごうし》の内側《うちがわ》から卓郎君《たくろうくん》がさけんだ。ひろし君《くん》はぼくを胸《むね》の中《なか》にしっかり抱《かか》えこむと、卓郎君《たくろうくん》のいる場所《ばしょ》に勢《いきお》いよくすべりこんだ。

たけし君《くん》が素早《すばや》く鉄格子《てつごうし》を閉《し》め、卓郎君《たくろうくん》がそこへくさりを巻《ま》きつける。

怪物《かいぶつ》は両手《りょうて》で鉄格子《てつごうし》をつかんだ。ぼくたちをにらみつけ、乱暴《らんぼう》に両手《りょうて》を動《うご》かす。

ひろし君《くん》たちは反対側《はんたいがわ》の壁《かべ》に背中《せなか》をくっつけると、おたがいに肩《かた》を寄《よ》せ合《あ》った。ほかに逃《に》げ道《みち》がないこの状況《じょうきょう》では、もはやどうすることもできない。ただだまって、事《こと》の成《な》り行《ゆ》きを見守《みまも》るしかなかった。

鉄格子《てつごうし》は見《み》た目《め》どおり頑丈《がんじょう》で、怪物《かいぶつ》が力《ちから》をくわえても、かんたんに曲《ま》がるようなことはなかった。

だからといって、油断《ゆだん》はできない。鉄格子《てつごうし》は丈夫《じょうぶ》でも、巻《ま》きつけたくさりのほうがゆるむ可《か》能性《のうせい》だって考《かんが》えられる。

怪物《かいぶつ》がしつこく鉄格子《てつごうし》をゆらし続《つづ》ければ、そのうち侵入《しんにゅう》されてしまうだろう。

そうなる前《まえ》になんとかしなければ。

ぼくはからだをよじり、ひろし君《くん》のうでからぬけ出《だ》した。

そのまま怪物《かいぶつ》の前《まえ》へと進《すす》み、せいいっぱいの威嚇《いかく》を試《こころ》みる。

ぼくがほえると、怪物《かいぶつ》の動《うご》きが止《と》まった。お

びえたような視線《しせん》をこちらに向《む》ける。

ぼくはさらにほえた。牙《きば》を思《おも》いきり見《み》せて激《はげ》しい敵意《てきい》を示《しめ》す。

怪物《かいぶつ》はたけし君《くん》みたいにびくびくからだを震《ふる》わせて後《あと》ずさった。ぼくをこわがっていることはまちがいない。

自信《じしん》を持《も》ったぼくはさらにほえた。自分《じぶん》が狼《おおかみ》になったつもりで怪物《かいぶつ》をにらみつける。内心《ないしん》はこわくて仕方《しかた》なかったが、おまえなんて簡単《かんたん》にひとひねりできるんだぞ、と強《つよ》がってみせた。

後《うし》ろ足《あし》を曲《ま》げ、怪物《かいぶつ》に向《む》かって飛《と》びかかる。もちろん、ただのポーズだ。本気《ほんき》でおそいかかるつもりはなかった。

ぼくのはったりは見事《みごと》に成功《せいこう》し、怪物《かいぶつ》は逃《に》げるようにぼくたちの前《まえ》から姿《すがた》を消《け》した。

地下室《ちかしつ》に静寂《せいじゃく》が訪《おとず》れる。

……助《たす》かった。

安心《あんしん》したとたん、全身《ぜんしん》から力《ちから》がぬけ落《お》ちるのがわかった。その場《ば》にぺたんと座《すわ》りこむ。

「タケル、よくやった！　やっぱりすごいな、おまえ。スーパードッグだ！」

たけし君《くん》がかけ寄《よ》り、ぼくの頭《あたま》をぺしぺしとたたく。ちょっと痛《いた》かったけど悪《わる》い気《き》はしない。

「ねえ、どうするの？」

美香《みか》ちゃんが窓《まど》のほうに目《め》をやりながら口《くち》を開《ひら》いた。

「だんだんうす暗《ぐら》くなってる。もうすぐ日《ひ》が暮《く》れるんじゃない？」

美香《みか》ちゃんのいうとおりだった。窓《まど》の外《そと》がやけに赤《あか》い。夕焼《ゆうや》けが広《ひろ》がっているのだろう。

ぼくたちは相当長《そうとうなが》い時間《じかん》、気《き》を失《うしな》っていたことになる。

「夜《よる》になったら、なんにも見《み》えなくなっちゃう。その前《まえ》にここから脱出《だっしゅつ》しないと」

「だけど、いつあの化《ば》け物《もの》がおそいかかってくるかわからないんだぞ」

間髪入《かんはつい》れず、たけし君《くん》がいった。

「タケルといっしょなら大丈夫《だいじょうぶ》なんじゃない？」

そういって、美香《みか》ちゃんはぼくを抱《かか》え上《あ》げた。

「ブルーベリー色《いろ》の巨人《きょじん》は、タケルのことをこわがってる。この子《こ》があたしたちを守《まも》ってくれるよ」

そんなふうにたよられたら、ぼくもがんばるしかない。

心配《しんぱい》しないで。

ぼくは美香《みか》ちゃんの手《て》をなめた。

みんなのことは、ぼくが守《まも》ってあげる。

15 怪物《かいぶつ》はどこだ？

夜《よる》になる前《まえ》にここから脱出《だっしゅつ》する。

美香《みか》ちゃんの提案《ていあん》に反対《はんたい》する人《ひと》はだれもおらず、ぼくたちは怪物《かいぶつ》の気配《けはい》を探《さぐ》りながらからだを寄《よ》せ合《あ》って階段《かいだん》を上《のぼ》った。

階段《かいだん》の壁《かべ》にも落書《らくが》きが残《のこ》されていた。三日《みか》月《づき》、星《ほし》、太陽《たいよう》と思《おも》われる絵《え》の下《した》に、矢印《やじるし》と丸《まる》がふたつえがかれている。三日月《みかづき》は黒《くろ》い箱《はこ》の表面《ひょうめん》にはりつけてあったシールと同《おな》じ形《かたち》をしていたが、箱《はこ》の中身《なかみ》と関連《かんれん》があるかどうかはよくわからない。深《ふか》く考《かんが》えるつもりもなかった。

一階《いっかい》へたどり着《つ》けば、すぐに外《そと》へ出《で》られる——そう信《しん》じていたからだ。たぶん、みんなも

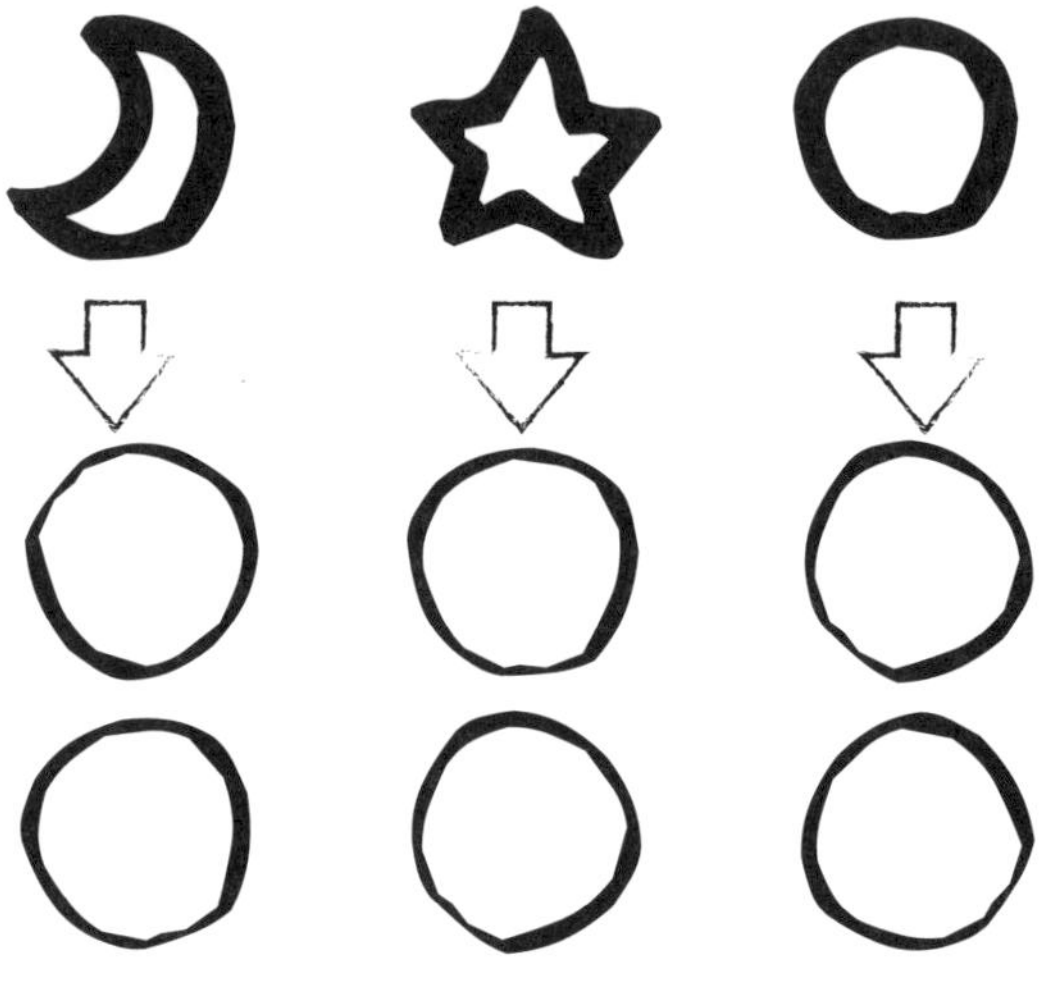

同《おな》じ思《おも》いだったにちがいない。階段《かいだん》を上《のぼ》りきったら、窓《まど》を開《あ》けて脱出《だっしゅつ》すればいい。もし窓《まど》が開《ひら》かなかったとしても、ガラスを破《やぶ》れば問題《もんだい》なく逃《に》げ出《だ》せるはずだ、と。だから、階段《かいだん》の落書《らくが》きについて口《くち》にする人《ひと》はひとりもいなかった。

しかし一階《いっかい》にやって来《き》たぼくたちは、その場《ば》に立《た》ちつくすしかなかった。

古《ふる》くさった木材《もくざい》が廊下《ろうか》を埋《う》めつくし、右《みぎ》にも左《ひだり》にも進《すす》めない。唯一《ゆいいつ》、道《みち》が開《ひら》けているのは二《に》階《かい》に続《つづ》く階段《かいだん》だけだった。

どうする？

ぼくは迷《まよ》った。

怪物《かいぶつ》にそんな知能《ちのう》があるとは考《かんが》えにくいが、もしかしたらこれはわななのかもしれない。ひとつだけ逃《に》げ道《みち》を作《つく》っておいて、その先《さき》で待《ま》ちかまえている可能性《かのうせい》はじゅうぶんに考《かんが》えられた。

だけど、立《た》ち止《ど》まっているよゆうなんてなかった。ぼくたちだけで廊下《ろうか》に積《つ》み上《あ》がった木材《もくざい》をかたづけるのは無理《むり》だ。だとしたら、進《すす》む道《みち》はひとつしかない。

相談《そうだん》しなくても、ぼくたちの気持《きも》ちはひとつだった。卓郎君《たくろうくん》が先頭《せんとう》になって階段《かいだん》を上《のぼ》る。みんなは卓郎君《たくろうくん》にならって階段《かいだん》を進《すす》んだ。

階段《かいだん》のとちゅうには古《ふる》ぼけたポスターがはってあった。中央《ちゅうおう》に木造《もくぞう》の建物《たてもの》の写真《しゃしん》が印刷《いんさつ》されている。かなり色《いろ》あせていたが、この小学校《しょうがっこう》の全景写真《ぜんけいしゃしん》だとすぐにわかった。

「創立五十周年祭特別企画《そうりつごじっしゅうねんさいとくべつきかく》……碧奥小学校《へきおしょうがっこう》からの脱出《だっしゅつ》ゲーム……」

ひろし君《くん》がポスターに顔《かお》を近《ちか》づけ、記《しる》された文字《もじ》を読《よ》みあげる。

「開催日《かいさいび》は二十年前《にじゅうねんまえ》の七月《しちがつ》になっています。地下室《ちかしつ》のパズルは、このイベントのために作《つく》られたものだったのかもしれませんね」

碧奥小学校《へきおしょうがっこう》の子供《こども》たちが行方不明《ゆくえふめい》になったのは、創立五十周年《そうりつごじっしゅうねん》をお祝《いわ》いするイベントの前日《ぜんじつ》だった。事件《じけん》のあと、この学校《がっこう》はすぐに閉鎖《へいさ》されたはずなので、展示物《てんじぶつ》がそのまま残《のこ》っていたとしても不思議《ふしぎ》ではない。

ポスターの前《まえ》を通《とお》り過《す》ぎて、ぼくたちは二階《にかい》へと進《すす》んだ。

二階《にかい》にたどり着《つ》けば、どうにかなるかもしれない。そんなぼくたちの期待《きたい》はむざんにも打《う》ちくだかれた。

廊下《ろうか》のほとんどは床《ゆか》がぬけ、とても進《すす》めそうにない。一階《いっかい》を埋《う》めつくしていた木材《もくざい》は、二階《にかい》の廊下部分《ろうかぶぶん》がくずれ落《お》ちたものだったようだ。ここから飛《と》び下《お》りれば、その衝撃《しょうげき》で積《つ》み上《あ》がった木材《もくざい》がくずれ、下敷《したじ》きになってしまうことはだれでも想像《そうぞう》できる。

飛《と》び下《お》りることは不可能《ふかのう》。階段《かいだん》もここまでだ。となれば、ぼくたちは目《め》の前《まえ》にある教室《きょうしつ》へと進《すす》むしかなかった。

怪物《かいぶつ》の思《おも》うままに誘導《ゆうどう》されているような気《き》がしないでもない。だけど、迷《まよ》っている時間《じかん》もないだろう。

ハルナ先生《せんせい》のことも心配《しんぱい》だった。進《すす》む道《みち》がこれ一本《いっぽん》しかないのなら、この先《さき》に必《かなら》ず先生《せんせい》はいるはずだ。先生《せんせい》に追《お》いつくためにも、ぼくたちは目《め》の前《まえ》の教室《きょうしつ》に入《はい》る必要《ひつよう》があった。

卓郎君《たくろうくん》が入口《いりぐち》のドアに片耳《かたみみ》をおし当《あ》てる。

「……なんにも聞《き》こえない。あいつはいないと思《おも》うけど」

そういって、ドアを開《あ》けようとした。

「ちょ、ちょっと待《ま》てよ」

たけし君《くん》が卓郎君《たくろうくん》のうでをつかむ。

「それっておかしくないか？」

「おかしいってなにが？」

「だって、地下室《ちかしつ》からここまでの道《みち》のりはこれひとつしかなかったんだぜ。ってことは、あの化《ば》け物《もの》は絶対《ぜったい》にこの中《なか》にいるってことじゃないか」

「たけし君《くん》のいうとおり、その可能性《かのうせい》はかなり高《たか》いと思《おも》います」

ひろし君《くん》がいった。

「しかし、だからといってここに立《た》ちつくしていれば、いずれあの巨大生物《きょだいせいぶつ》におそわれてしまうでしょう」

そう口《くち》にしながら、ひろし君《くん》は廊下《ろうか》に転《ころ》がっていた木材《もくざい》を拾《ひろ》い上《あ》げた。

「お、おい。そんなもの持《も》って、なにをする気《き》だよ？」

「戦《たたか》います」

木材《もくざい》を強《つよ》くにぎりしめ、ひろし君《くん》は答《こた》えた。

「あんな化《ば》け物《もの》に勝《か》てるわけないだろ？」

「勝《か》つ必要《ひつよう》はありません。あの生物《せいぶつ》の攻撃《こうげき》をさけつつ、窓《まど》から飛《と》び下《お》りればよいだけです」

「二階《にかい》から飛《と》び下《お》りるのか？」

「三《さん》メートルほどの高《たか》さです。飛《と》び下《お》りたところでそれほどのダメージはないでしょう。着地《ちゃくち》に失敗《しっぱい》しても、せいぜい足首《あしくび》を捻挫《ねんざ》する程度《ていど》です」

「イヤだよ、捻挫《ねんざ》なんて。痛《いた》いのは苦手《にがて》だ」

「あいつにおそわれれば、もっとひどい痛《いた》みを味《あじ》わうことになりますけれど？」

ひろし君《くん》とたけし君《くん》の会話《かいわ》を聞《き》き流《なが》しながら、ぼくはドアの向《む》こう側《がわ》の気配《けはい》を鼻《はな》で探《さぐ》った。

怪物《かいぶつ》の強烈《きょうれつ》なにおいは、ここからはただよってこない。部屋《へや》の中《なか》に入《はい》っても問題《もんだい》はないだろう。

ここでああだこうだと議論《ぎろん》していても時間《じかん》の無駄《むだ》だ。

ぼくは美香《みか》ちゃんの胸《むね》から飛《と》び下《お》りると、ドアをひっかき、わずかに開《あ》いたすきまから部屋《へや》の中《なか》へと入《はい》りこんだ。

「あ、待《ま》って」

美香《みか》ちゃんがドアを開《あ》ける。

「わわ、バカバカ」

たけし君《くん》のあわてふためく声《こえ》が聞《き》こえたが、室内《しつない》に怪物《かいぶつ》の気配《けはい》はまるで感《かん》じられなかった。

分厚《ぶあつ》いカーテンが外《そと》の光《ひかり》をさえぎっているため、部屋《へや》の中《なか》はかなり暗《くら》い。

黒板《こくばん》の前《まえ》に大《おお》きなグランドピアノが置《お》いてある。黒板《こくばん》の上《うえ》には肖像《しょうぞう》画《が》らしきものがいくつもかかげられていた。みんな、先端《せんたん》がくるくると巻《ま》き上《あ》がっていたり、ぼくみたいにもふもふの白《しろ》い毛《け》で覆《おお》われていたり、ずいぶんとおかしな髪型《かみがた》をしている。

「バッハ……モーツァルト……ベートーヴェン」

ぼくの視線《しせん》の先《さき》を見《み》て、ひろし君《くん》がつぶやいた。

「ここは音楽室《おんがくしつ》ですね」

「……化《ば》け物《もの》はいない？」

廊下《ろうか》から顔《かお》だけ出《だ》して、たけし君《くん》がたずねる。

「大丈夫《だいじょうぶ》です」

ひろし君《くん》がそう答《こた》えても、すぐには信用《しんよう》できなかったようだ。たけし君《くん》はなかなかその場《ば》から動《うご》こうとしない。

「本当《ほんとう》にいない？」

「しつこいな、おまえは。いねえっていってるだろ」

卓郎君《たくろうくん》があらっぽい声《こえ》を出《だ》す。

「だって、おかしいじゃないか。それなら化《ば》け物《もの》はどこへ消《き》えちゃったのさ？」

「確《たし》かにきみょうですね」

カーテンを開《あ》けながらひろし君《くん》はいった。窓《まど》の外《そと》には真《ま》っ赤《か》な夕焼《ゆうや》け空《ぞら》が広《ひろ》がっている。

「窓《まど》はすべて閉《し》まっています。ここから飛《と》び下《お》りたわけでもないのに、一体《いったい》どこへ消《き》えてしまったのでしょう？」

消《き》えてしまったといえば、ハルナ先生《せんせい》も同様《どうよう》だ。どこにも姿《すがた》が見当《みあ》たらない。

一体《いったい》、どこへ消《き》えてしまったのだろう？

教室内《きょうしつない》をぐるりと見渡《みわた》す。

グランドピアノのかげに人影《ひとかげ》が見《み》えた。

ハルナ先生《せんせい》？

急《いそ》いでそちらにかけ寄《よ》る。

……え？

そこには見知《みし》らぬ男《おとこ》の子《こ》が立《た》っていた。小学三年生《しょうがくさんねんせい》くらいだろうか？　ひろし君《くん》たちよりずいぶんと小《ちい》さく、顔《かお》つきも幼《おさな》い。

だれ？

ぼくは男《おとこ》の子《こ》に向《む》かって問《と》いかけた。

「どうしたの？　タケル」

美香《みか》ちゃんが近《ちか》づいてくる。

ここに男《おとこ》の子《こ》がいるよ。

ぼくはその子供《こども》のほうを向《む》いて、何度《なんど》もほえた。

だがおかしなことに、美香《みか》ちゃんは男《おとこ》の子《こ》に気《き》づかない。

ぼくはひろし君《くん》のはいているズボンのすそを引《ひ》っ張《ぱ》った。

「タケル君《くん》、どうしました？」

ここに知《し》らない男《おとこ》の子《こ》がいるよ。だれ？

そううったえたのだけれど、ひろし君《くん》も首《くび》をひねるばかりだ。どうやら、みんなにはその男《おとこ》の子《こ》が見《み》えていないらしい。

『あ……もしかしてボクのことがわかるの？』

男《おとこ》の子《こ》が口《くち》を開《ひら》いた。

『お兄《にい》ちゃん！　ちょっと来《き》て、お兄《にい》ちゃん！』

『どうした？　コウジ』

別《べつ》の声《こえ》が聞《き》こえてくる。

声《こえ》のするほうをふり返《かえ》り、ぼくは自分《じぶん》の目《め》を疑《うたが》った。黒板《こくばん》をすりぬけるようにして、いきなり人《ひと》が現《あらわ》れたのだ。

『お兄《にい》ちゃん。このワンちゃん、ボクの姿《すがた》が見《み》えてるみたいなんだ』

コウジと呼《よ》ばれた男《おとこ》の子《こ》は、もうひとりの少年《しょうねん》に興奮《こうふん》した口調《くちょう》でいった。

『まさかそんなわけ――』

コウジ君《くん》よりもひとまわりからだの大《おお》きい少年《しょうねん》がぼくを見《み》る。

……あ。

ぼくは大《おお》きく口《くち》を開《あ》けた。

ふたりはそっくりな顔立《かおだ》ちをしている。たぶん、兄弟《きょうだい》なのだろう。

その顔《かお》には見覚《みおぼ》えがあった。

ひろし君《くん》の通《かよ》う学校《がっこう》の図書室《としょしつ》で見《み》た顔写真《かおじゃしん》を思《おも》い出《だ》す。

目《め》の前《まえ》のふたりは、二十年前《にじゅうねんまえ》に行方不明《ゆくえふめい》になった兄弟《きょうだい》にそっくりだった。

だけど、あれは二十年前《にじゅうねんまえ》の写真《しゃしん》だ。今《いま》は大人《おとな》になっているはずなのに……。

『本当《ほんとう》だ。この犬《いぬ》っころ、死《し》んでいる俺《おれ》らが見《み》えるんだな』

少年《しょうねん》はおどろいた様子《ようす》でそう口《くち》にした。

16 音楽室《おんがくしつ》の兄弟《きょうだい》

二十年前《にじゅうねんまえ》に行方不明《ゆくえふめい》になった子供《こども》たちが、当時《とうじ》の姿《すがた》のまま、ぼくの目《め》の前《まえ》に立《た》っている。

彼《かれ》らはいわゆる幽霊《ゆうれい》というものなのだろう。

もし、この事実《じじつ》をみんなが知《し》ったら、どんな反応《はんのう》を示《しめ》すだろう？　たけし君《くん》は携帯電話《けいたいでんわ》のマナーモードみたいに、ブルブルとふるえ続《つづ》けるにちがいない。ひろし君《くん》なら「幽霊《ゆうれい》？　科学的《かがくてき》に考《かんが》えて、そんなものは絶対《ぜったい》に存在《そんざい》しません」と答《こた》えるのではないだろうか。

突然現《とつぜんあらわ》れた子供《こども》の幽霊《ゆうれい》に、ぼく自身《じしん》はとくにおどろくことはなかった。

これまでも、みんなには見《み》えない存在《そんざい》を見《み》かけることはたびたびあった。いつも散歩《さんぽ》に出《で》かける公園《こうえん》のベンチには、必《かなら》ず首《くび》のない着物姿《きものすがた》の女性《じょせい》が座《すわ》っていたし、今日《きょう》ここへやって来《く》る途中《とちゅう》でも、ハルナ先生《せんせい》の車《くるま》と同《おな》じスピードで歩道《ほどう》を走《はし》る右脚《みぎあし》の曲《ま》がったおじいさんを見《み》かけた。ぼく以外《いがい》の人《ひと》はだれも気《き》にしていなかったから、たぶんあれはみんな幽霊《ゆうれい》なのだろう。

『ねえ、お兄《にい》ちゃん』

コウジ君《くん》がもうひとりの少年《しょうねん》のうでを引《ひ》っ張《ぱ》った。

『このワンちゃんに、あのことをどうにかして伝《つた》えられないかな？』

あのこと？　あのこととはなんだろう？

『無理《むり》だ。犬《いぬ》っころに俺《おれ》らの言葉《ことば》はわからないからな』

そんなことはない。全部《ぜんぶ》、理解《りかい》してるよ。

コウジ君《くん》のお兄《にい》さんにそう伝《つた》えたかったが、口《くち》から出《で》る言葉《ことば》はワンだけだ。

『それよりも早《はや》く出口《でぐち》を教《おし》えてやろう。日《ひ》が暮《く》れる前《まえ》になんとかしてやらないとな』

『地下室《ちかしつ》の脱出《だっしゅつ》パズルはうまくクリアしてくれたし、このあともきっと大丈夫《だいじょうぶ》だよ』

ふたりの話《はなし》を聞《き》きながら、ぼくは階段《かいだん》の途中《とちゅう》にはってあった古《ふる》いポスターのことを思《おも》い出《だ》した。

ひろし君《くん》の推測《すいそく》どおり、地下室《ちかしつ》のパズルは二十年前《にじゅうねんまえ》に作《つく》られたものだったのだろう。

『でもさ、こんな回《まわ》りくどいことをしなくても、あの子《こ》たちの前《まえ》に南京錠《なんきんじょう》のカギを置《お》いてやればよかったんじゃないの？』

『バカ。それだとあの化《ば》け物《もの》にカギをうばわれちまうかもしれないだろ。だから、箱《はこ》の中《なか》にかくしたんだ。パズルを解《と》いてくれるか不安《ふあん》だったけど、ちゃんと気《き》づいてくれたし』

『……ひとり、ものすごく頭《あたま》のいい子《こ》がいたからね。あの子《こ》なら、残《のこ》りふたつのパズルも楽々《らくらく》解《と》いて、ここから脱出《だっしゅつ》できるんじゃない？』

『ああ、そうだといいけどな』

『なに？　自分《じぶん》が考《かんが》えたパズルをあっさり解《と》かれちゃうのはイヤ？』

『まあ……ちょっとな』

『心配《しんぱい》しないで。あの子《こ》は確《たし》かに頭《あたま》がいいけど、お兄《にい》ちゃんはさらに天才《てんさい》だから。昔《むかし》ボクたちが作《つく》った脱出《だっしゅつ》ゲームを利用《りよう》して、カギのありかを教《おし》えるなんて、とっさによく思《おも》いついたよね』

『あれは俺《おれ》たちの思《おも》い出《で》の作品《さくひん》だ。俺《おれ》の作《つく》った問題《もんだい》を一生懸命《いっしょうけんめい》解《と》いてくれるヤツが現《あらわ》れて、めちゃくちゃうれしかったよ。ちゃんと動《うご》くように、二十年間《にじゅうねんかん》ずっとメンテナンスし続《つづ》けてきたかいがあったってもんだ』

ふたりの会話《かいわ》を聞《き》いて、なんとなくではあるが状況《じょうきょう》がわかってきた。

地下室《ちかしつ》のパズルは二十年前《にじゅうねんまえ》にコウジ君《くん》のお兄《にい》さんが作《つく》ったものらしい。パズルを解《と》くと箱《はこ》が開《ひら》くしかけになっていたようだ。お兄《にい》さんは地下室《ちかしつ》に閉《と》じこめられたぼくたちを救《すく》うため、南京錠《なんきんじょう》のカギを箱《はこ》の中《なか》にかくしたのだろう。

『もたもたしてると、また化《ば》け物《もの》が来《く》るぞ』

『お兄《にい》ちゃん……化《ば》け物《もの》っていう呼《よ》びかたはやめてよ』

コウジ君《くん》は悲《かな》しそうに目《め》を細《ほそ》めた。

『ボクたちみんな、友達《ともだち》だったんだからさ』

『ああ、そうだな……すまない』

お兄《にい》さんは申《もう》し訳《わけ》なさそうに頭《あたま》を下《さ》げた。

『あんなふうになる前《まえ》は、俺《おれ》たちすごく仲《なか》がよかったのにな……お昼《ひる》ご飯《はん》の中《なか》に青《あお》い虫《むし》みたいなものが混《ま》ざってて、それを食《た》べたせいであいつは……』

後半《こうはん》は涙声《なみだごえ》だった。

『お兄《にい》ちゃん』

コウジ君《くん》がお兄《にい》ちゃんのふるえる背中《せなか》に手《て》を当《あ》てる。

『……落《お》ちこんでる場合《ばあい》じゃないよな』

お兄《にい》さんは目《め》をこすりながら顔《かお》を上《あ》げた。

『あいつを助《たす》けるためにも、早《はや》くみんなを給食室《きゅうしょくしつ》に誘導《ゆうどう》しないと』

『うん』

『じゃあ、打《う》ち合《あ》わせどおりにやるぞ』

コウジ君《くん》は力強《ちからづよ》くうなずくと、教壇《きょうだん》の上《うえ》に置《お》いてあったカスタネットを手《て》にとろうとした。

『あれ？』

カスタネットは手《て》のひらからこぼれ落《お》ちた。教壇《きょうだん》の上《うえ》でそれが音《おと》を立《た》てて動《うご》く。

「**うわああああっ！**」

廊下《ろうか》から室内《しつない》の様子《ようす》をうかがっていたたけし君《くん》が大声《おおごえ》をあげた。

「机《つくえ》の上《うえ》のカスタネットが……勝手《かって》にうご、うご、動《うご》いた……」

「なにいってるんだ、おまえ？」

卓郎君《たくろうくん》が冷《つめ》たい視線《しせん》を送《おく》る。

「ホントだってば！」

コウジ君《くん》はもう一度《いちど》カスタネットをつかもうとしたが、手《て》のひらをすりぬけてしまう。

『ダメだ。力《ちから》を使《つか》いすぎちゃったみたい』

コウジ君《くん》はくやしそうに顔《かお》をゆがめた。

『どけ。俺《おれ》がやる』

コウジ君《くん》をおしのけて、今度《こんど》はお兄《にい》さんのほうが教壇《きょうだん》の前《まえ》に立《た》った。

『このカスタネットをとなりの部屋《へや》まで動《うご》かせば、みんなは気味悪《きみわる》がりながらもあとをついてくるはずだ。となりの部屋《へや》にさえたどり着《つ》けば、給食室《きゅうしょくしつ》への移動方法《いどうほうほう》はわかるはずだから——』

しかし、お兄《にい》さんもカスタネットをつかむことはできなかった。

どうやら、幽霊《ゆうれい》は物《もの》を動《うご》かすときに多《おお》くのパワーを必要《ひつよう》とするらしい。ふくざつな動《うご》きならなおさらだろう。カギを箱《はこ》の中《なか》にかくす――ぼくたちを助《たす》けるための行為《こうい》で、かなりのエネルギーを使《つか》ってしまったのかもしれない。

「さあ、脱出《だっしゅつ》しようぜ」

卓郎君《たくろうくん》が窓《まど》を開《あ》けた。

「この高《たか》さならなんとかなりそうじゃない？」

卓郎君《たくろうくん》の後《うし》ろから窓《まど》の外《そと》をのぞきこんだ美香《みか》ちゃんが安心《あんしん》したようにいう。

『ダメだっ！』

コウジ君《くん》のお兄《にい》さんが大声《おおごえ》をあげた。もちろん、その声《こえ》はみんなには届《とど》かない。

『あいつはそれをねらって、廊下《ろうか》をふさいだんだ！　たぶん、真下《ました》の教室《きょうしつ》でみんなが飛《と》び下《お》りる瞬間《しゅんかん》を待《ま》ちかまえているはず――』

ぼくは息《いき》をのんだ。

「俺《おれ》から行《い》くぞ」

卓郎君《たくろうくん》が窓《まど》に足《あし》をかける。

どうすればいい？

ぼくはとっさに、卓郎君《たくろうくん》のシャツのそでにかみついた。

「うわっ！　なんだよ？」

卓郎君《たくろうくん》がうでを動《うご》かしたせいで、シャツはひじのあたりまで一気《いっき》にさけてしまった。

「おい、タケル」

卓郎君《たくろうくん》がこちらをにらみつける。

「おまえ、なにするんだよ？」

「タケル君《くん》は意味《いみ》もなくかんだりしません。なにか理由《りゆう》があるはずです」

ひろし君《くん》がいった。

そう、そのとおりだよ。

ぼくは教壇《きょうだん》の上《うえ》に飛《と》び乗《の》ると、カスタネットをくわえた。

どこへ向《む》かえばいいの？

コウジ君《くん》のお兄《にい》さんにたずねる。お兄《にい》さんはとまどった表情《ひょうじょう》をうかべた。

『となりの部屋《へや》まで案内《あんない》しろっていってるんじゃないの？』

コウジ君《くん》がいった。

『お、おお。そうか、わかった。ついてこい』

ぼくの言葉《ことば》はコウジ君《くん》たちには伝《つた》わらない。だけど、気持《きも》ちは通《つう》じたようだ。

コウジ君《くん》のお兄《にい》さんが教室《きょうしつ》の後《うし》ろへと移動《いどう》する。カスタネットをくわえたまま、ぼくも続《つづ》いた。

「タケル？　どこへ行《い》くんだ？」

「ついていきましょう」

どうやら、ひろし君《くん》もぼくの意図《いと》を読《よ》みとってくれたらしい。

『一番下《いちばんした》のロッカーの奥《おく》に穴《あな》が空《あ》いているんだ。ここからとなりの部屋《へや》へ移動《いどう》できる』

からだを縮《ちぢ》め、四《よ》つんばいになってコウジ君《くん》はロッカーの中《なか》へと頭《あたま》をおしこんだ。ぼくもそのお尻《しり》を追《お》いかける。

コウジ君《くん》のいうとおり、ロッカーの奥《おく》には大《おお》きな穴《あな》が空《あ》いていた。二十年前《にじゅうねんまえ》にだれかがいたずらで空《あ》けたのか、あるいは二十年《にじゅうねん》経《た》つ間《あいだ》にこわれてしまったのか、それはよくわからない。

「ここに穴《あな》が空《あ》いています。どうやら、となりの部屋《へや》に移動《いどう》できそうです」

後《うし》ろからひろし君《くん》の声《こえ》が聞《き》こえた。

「おい、たけし！　ぼやぼやしてると置《お》いていくぞ！」

「ちょっと待《ま》ってよ。オレも行《い》くってば」

みんなもちゃんと後《うし》ろからついてきているようだ。

ロッカーの穴《あな》をくぐりぬけると、そこにはキャスターのついた台車《だいしゃ》が三台置《さんだいお》かれていた。台車《だいしゃ》の向《む》こうにはたて横《よこ》がそれぞれ五十《ごじっ》センチほどの大《おお》きさのアルミ製《せい》のとびらが設置《せっち》されている。とびらの横《よこ》には上下《じょうげ》を示《しめ》すスイッチがあった。

「これって給食《きゅうしょく》を運《はこ》ぶワゴンじゃない？」

台車《だいしゃ》にさわり、美香《みか》ちゃんがいった。

『そのとおり』

コウジ君《くん》が答《こた》える。

『二階《にかい》の教室《きょうしつ》に給食《きゅうしょく》を運《はこ》ぶための昇降機《しょうこうき》がここにあるんだ』

そういって、アルミ製《せい》のとびらを指差《ゆびさ》した。昇降機《しょうこうき》というのは要《よう》するに小《ちい》さなエレベーターのことらしい。

「にわかには信《しん》じがたいですが、この昇降機《しょうこうき》はまだ動《うご》くようですね」

スイッチをおしながらひろし君《くん》がいう。

『そりゃあそうだ。俺《おれ》たちがずっとメンテナンスをしてきたからな』

『これ、いろいろなものを運《はこ》ぶときに便利《べんり》なんだよね。ボクたちが持《も》ち運《はこ》ぼうとすると、かなりエネルギーを使《つか》っちゃうからさ』

兄弟《きょうだい》は得意《とくい》げに語《かた》ったが、残念《ざんねん》ながらひろし君《くん》たちにその言葉《ことば》が届《とど》くことはない。

「この昇降機《しょうこうき》で一階《いっかい》に下《お》りましょう」

ひろし君《くん》はそう提案《ていあん》した。

「ええ？　これに乗《の》るのかよ？」

たけし君《くん》が露骨《ろこつ》にイヤな顔《かお》をする。

「これって食事《しょくじ》を運《はこ》ぶものでしょ？　あたしたちが乗《の》って大丈夫《だいじょうぶ》なの？」

「重量制限六十《じゅうりょうせいげんろくじっ》キロと書《か》いてあるから、ひとりずつ乗《の》れば問題《もんだい》ねえだろうな」

卓郎君《たくろうくん》がいい終《お》わる前《まえ》に、ひろし君《くん》はエレベーターの中《なか》へともぐりこんでいた。

「では下《した》でお待《ま》ちしております」

きゅうくつそうにからだを丸《まる》めた状態《じょうたい》で、ぼくたちに向《む》かって頭《あたま》を下《さ》げる。

『無事《ぶじ》に脱出《だっしゅつ》しろよ』

コウジ君《くん》のお兄《にい》さんがひろし君《くん》に向《む》かって右手《みぎて》をふる。それに反応《はんのう》するかのように、ひろし君《くん》も片手《かたて》を上《あ》げた。もちろん、ひろし君《くん》に幽霊《ゆうれい》の兄弟《きょうだい》が見《み》えたはずはない。ひろし君《くん》はぼくたちに手《て》を上《あ》げたのだろう。

でも、コウジ君《くん》のお兄《にい》さんはうれしそうに、いつまでも昇降機《しょうこうき》に向《む》かって手《て》をふり続《つづ》けた。

17 給食室《きゅうしょくしつ》のパズル

ぼくはたけし君《くん》に抱《だ》かれて三番目《さんばんめ》にエレベーターへと乗《の》りこんだ。

本当《ほんとう》はいいにおいのする美香《みか》ちゃんに抱《だ》いてほしかったのだが、たけし君《くん》は「オレがタケルといっしょに乗《の》りこむ」といって、絶対《ぜったい》にゆずらなかった。たぶん、怪物《かいぶつ》に出会《であ》ったときのお守《まも》りとして、ぼくを近《ちか》くに置《お》いておきたかったのだろう。

「まったく……どうしてこんな目《め》にあわなくちゃならないんだよ」

エレベーターが下降《かこう》する間《あいだ》、たけし君《くん》はぶつぶつと文句《もんく》をいい続《つづ》けた。

「行《い》くのはやめようって、オレがあれほどいったのにさ」

確《たし》かに、今回《こんかい》はひろし君《くん》と卓郎君《たくろうくん》によって、かなり強引《ごういん》に連《つ》れてこられたような気《き》はする。たけし君《くん》のことが少《すこ》し気《き》の毒《どく》になり、ぼくはなぐさめるつもりで彼《かれ》のほほをひとなめした。

電子《でんし》レンジに似《に》た音《おと》を立《た》てて、エレベーターは止《と》まった。先《さき》に下《お》りていたひろし君《くん》と美香《みか》ちゃんに引《ひ》っ張《ぱ》られ、エレベーターの外《そと》に出《で》る。

ぼくは鼻《はな》をひくつかせて、怪物《かいぶつ》がすぐそばにいないかどうかを確認《かくにん》した。においはするがそれほど強烈《きょうれつ》ではない。この近《ちか》くにいないことは確《たし》かだ。

「おお、キレイな厨房《ちゅうぼう》じゃん」

エレベーターの中《なか》ではさんざんこわがっていたたけし君《くん》が、室内《しつない》を見回《みまわ》し目《め》をかがやかせる。

給食室内《きゅうしょくしつない》はすっきりと片《かた》づいていた。子供《こども》たちの食《た》べ物《もの》をあつかう場所《ばしょ》だから、衛生面《えいせいめん》にはかなり気《き》をつけていたのだろう。長年使《ながねんつか》われていなかったにもかかわらず、ほこりもほとんど落《お》ちていない。調理器具《ちょうりきぐ》はあるべき場所《ばしょ》にきちんと置《お》かれ、少《すこ》しも乱《みだ》れたところがなかった。

「調理人《ちょうりにん》が動《うご》きやすいように器具《きぐ》が配置《はいち》されているし……おお、ガスコンロも使《つか》いやすそうだなあ」

音楽室《おんがくしつ》ではあんなにもおびえていたのに、すっかり元気《げんき》をとりもどしたらしい。思《おも》い返《かえ》せば一週間前《いっしゅうかんまえ》のジェイルハウスでも、キッチンを見《み》つけたときが一番《いちばん》うれしそうだった。たけし君《くん》にとって、調理場《ちょうりば》はワクワクする場所《ばしょ》なのだろう。

卓郎君《たくろうくん》がエレベーターから下《お》りてきて、四人《よにん》が給食室《きゅうしょくしつ》にそろった。

「この部屋《へや》、窓《まど》がないんだな」

室内《しつない》を見渡《みわた》し、卓郎君《たくろうくん》がいう。

「厨房《ちゅうぼう》はたいていそうだよ。外《そと》から虫《むし》やほこりが入《はい》ってきたら大変《たいへん》だからね」

子供《こども》なら楽々《らくらく》入《はい》れてしまえそうな巨大《きょだい》なアルミなべの中《なか》をのぞきこみながら、たけし君《くん》はいった。

「窓《まど》からの脱出《だっしゅつ》は不可能《ふかのう》か。ほかにドアは？」

「運搬用《うんぱんよう》の出入《でい》り口《ぐち》がありますが、さびついてしまったのか、開《あ》けることはできませんでした」

卓郎君《たくろうくん》の問《と》いかけに、ひろし君《くん》が答《こた》える。

「この部屋《へや》の外《そと》はどうなってるの？」

美香《みか》ちゃんがきいた。

「みなさんがここへ下《お》りてくる前《まえ》に、ひととおり確認《かくにん》しておきました」

右手《みぎて》の中指《なかゆび》で鼻《はな》のつけねをさわりながら、ひろし君《くん》はいった。いつものクセでメガネをおし上《あ》げようとしたのだろうが、今《いま》はメガネをかけていない。

「どうだ？　脱出《だっしゅつ》できそうか？」

卓郎君《たくろうくん》が身《み》を乗《の》り出《だ》す。

「給食室前《きゅうしょくしつまえ》の廊下《ろうか》は木材《もくざい》の山《やま》にさえぎられて、通行《つうこう》はほぼ不可能《ふかのう》な状況《じょうきょう》です」

淡々《たんたん》と答《こた》えるひろし君《くん》に対《たい》して、たけし君《くん》が「えーっ！」と不満《ふまん》の声《こえ》をあげた。

「ちょっと待《ま》ってよ。窓《まど》はない。搬入口《はんにゅうぐち》のとびらはさびついて開《あ》かない。廊下《ろうか》は通行《つうこう》できない。

それじゃあオレたち、ここから一歩《いっぽ》も動《うご》けないじゃんか」

「さびついてるっていう運搬用《うんぱんよう》の出入《でい》り口《ぐち》は本当《ほんとう》に開《あ》かないのか？」

卓郎君《たくろうくん》はシャツのそでをめくると、両開《りょうびら》きのとびらに近《ちか》づいた。おしても引《ひ》いてもびくともしない。体当《たいあ》たりしても結果《けっか》は同《おな》じだった。

「あまり大《おお》きな音《おと》は立《た》てないでもらえますか？　怪物《かいぶつ》が僕《ぼく》たちの存在《そんざい》に気《き》づいてしまいますので」

「じゃあ、どうすりゃいいっていうんだよ？」

「僕《ぼく》の話《はなし》をきちんときいていましたか？　僕《ぼく》は『廊下《ろうか》の通行《つうこう》はほぼ不可能《ふかのう》』といったのですよ」

「……どういうことだ？」

「廊下《ろうか》は木材《もくざい》で埋《う》まっていますが、壁《かべ》ぞいをつたって歩《ある》けば、となりの教室《きょうしつ》まではなんとか行《い》くことができます」

「それを早《はや》く教《おし》えろよ！　回《まわ》りくどいいいかたをしやがって」

卓郎君《たくろうくん》はそうさけぶと、廊下《ろうか》に向《む》かって歩《ある》き出《だ》した。

「あ、待《ま》ってください。となりの教室《きょうしつ》のドアはカギがかかっているので開《あ》きません」

ひろし君《くん》の言葉《ことば》に、卓郎君《たくろうくん》はがっくりと肩《かた》を落《お》とす。

「ってことは、やっぱり俺《おれ》たち、どこにも行《い》けねえんじゃねえか」

「そうでもありません。これを見《み》てください」

ひろし君《くん》は自分《じぶん》の身長《しんちょう》よりも高《たか》い冷蔵庫《れいぞうこ》の前《まえ》に立《た》った。

冷蔵庫《れいぞうこ》のとびらには模造紙《もぞうし》がはりつけてあり、ひらがなと＋《プラス》、－《マイナス》の記号《きごう》がマジックペンで書《か》きこまれていた。

「か……に……つ……なんだ、これ？」

たけし君《くん》が首《くび》をひねる。

「？の部分《ぶぶん》を答《こた》えればいいんだよな？」

卓郎君《たくろうくん》がいった。

「でも、答《こた》えがわかったあとはどうすればいいんだ？」

「見《み》て。あそこに黒《くろ》い箱《はこ》が置《お》いてある」

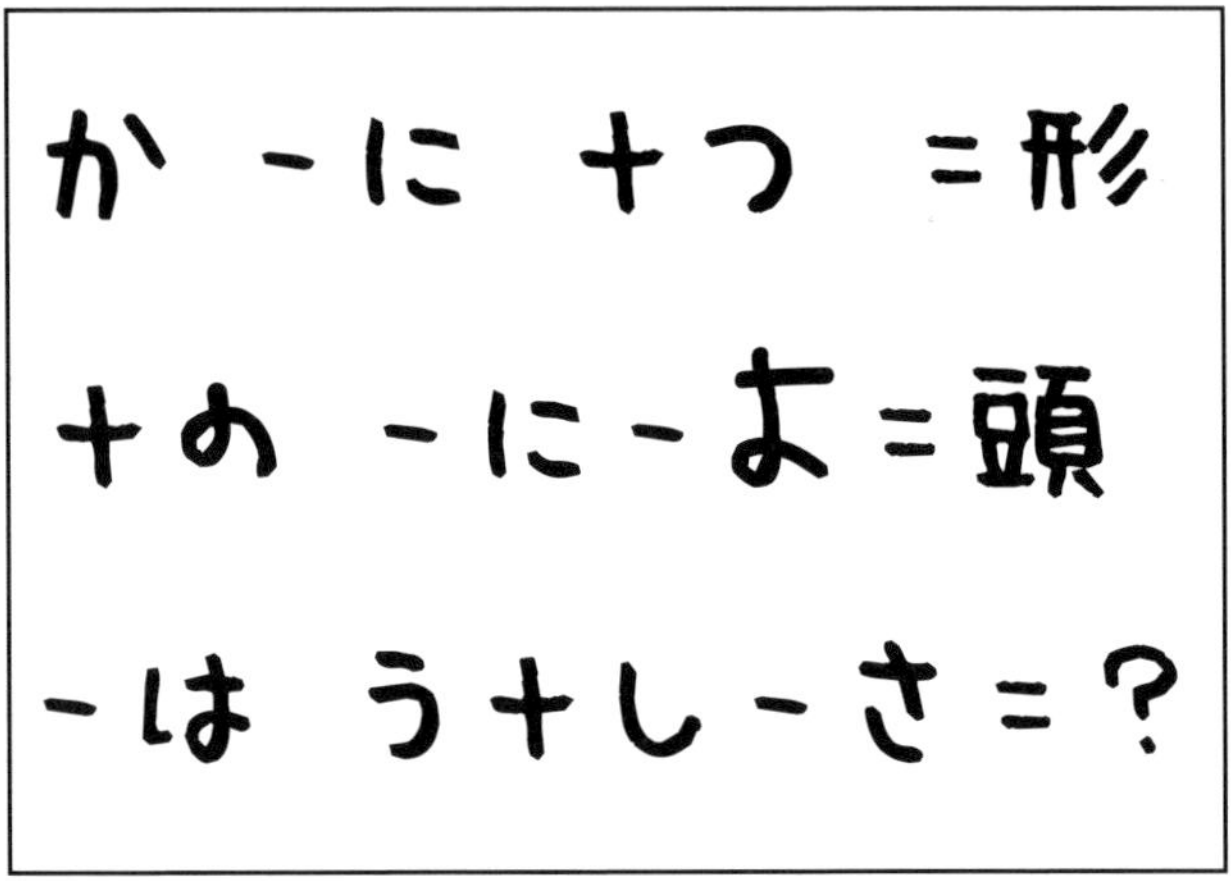

美香《みか》ちゃんがガスコンロの横《よこ》を指差《ゆびさ》した。ぱっと見《み》た感《かん》じは電子《でんし》レンジかと思《おも》ったが、よく見《み》ると表面《ひょうめん》に星形《ほしがた》のシールがいくつもはってある。

とびらの部分《ぶぶん》には機械式《きかいしき》のダイヤルがとりつけてあった。自転車《じてんしゃ》のチェーンロックと同《おな》じように数字《すうじ》を合《あ》わせるとロックがはずれる仕組《しく》みになっているのだろう。ただ、ダイヤルに記《しる》されているのは数字《すうじ》ではなくひらがなだった。ダイヤルは四《よっ》つ。それぞれに五十音《ごじゅうおん》すべてが配置《はいち》されているらしい。

「なるほど。正解《せいかい》の四文字《よんもじ》をあのダイヤルで答《こた》えればよいわけですね」

ひろし君《くん》がぼそりとつぶやいた。

「でも、さっぱりわかんないよ」

たけし君《くん》が両手《りょうて》を上《あ》げる。文字《もじ》どおり、お手上《てあ》げの状態《じょうたい》だ。

「＋《プラス》や－《マイナス》の記号《きごう》もあるし、計算式《けいさんしき》になってるってことなのかな？」

「＋《プラス》、－《マイナス》にこだわると正解《せいかい》が見《み》えなくなりますよ。地下室《ちかしつ》の問題《もんだい》よりも単純《たんじゅん》ですね」

冷蔵庫《れいぞうこ》の問題《もんだい》とにらめっこするみんなの横《よこ》で、ひろし君《くん》はあっさりとそういいのけた。

「え？　おまえ、もうわかったのか？」

卓郎君《たくろうくん》がおどろきの表情《ひょうじょう》を見《み》せる。

「はい」

ひろし君《くん》はうなずくと、ゆっくり箱《はこ》の前《まえ》に移動《いどう》した。

「まず、一行目《いちぎょうめ》に注目《ちゅうもく》してください。一文字目《いちもじめ》の〈か〉には十《プラス》も一《マイナス》もついていません。これはそのまま〈か〉を表《あらわ》していると考《かんが》えてよいでしょう。〈形《かたち》〉の〈か〉です」

ダイヤルを動《うご》かしながら、ひろし君《くん》は説明《せつめい》した。

「となると、〈一《マイナス》に〉は〈た〉、〈十《プラス》つ〉は〈ち〉を表《あらわ》していることになります。〈頭《あたま》〉の二文字目《にもじめ》〈た〉も同《おな》じように〈一《マイナス》に〉で表現《ひょうげん》されていますから、この考《かんが》え方《かた》でまちがっていないでしょう」

「ああ、そうだな」

「……ここまで説明《せつめい》したら、もうわかりましたよね？」

「…………」

みんなは無言《むごん》のままだった。だれもわかっていないらしい。ぼくも同様《どうよう》だった。

「まだわかりませんか？　では二行目《にぎょうめ》の〈一《マイナス》よ〉をよく見《み》てください。どこかおかしくありませんか？」

「おかしいって……どういうことだ？」

「正《ただ》しい〈よ〉の形《かたち》ではないでしょう？」

「上《うえ》の横棒《よこぼう》がたて棒《ぼう》を突《つ》きぬけちまってることをいってるのか？」

「そうです。同様《どうよう》に、一文字目《いちもじめ》の〈の〉も一部分《いちぶぶん》がはみ出《だ》していますよね？」

「あわてて書《か》いたから、どちらもうっかりはみ出《だ》しちまったんじゃねえのか？」

「いいえ、そうではありません。どちらの文字《もじ》もこのように書《か》かなければならなかったのです」

カチリ

ロックのはずれる音《おと》が箱《はこ》の中《なか》から聞《き》こえた。

ひろし君《くん》は箱《はこ》の中《なか》に手《て》を入《い》れ、カギと茶色《ちゃいろ》い小瓶《こびん》をとり出《だ》した。小瓶《こびん》には〈料理酒《りょうりしゅ》〉と書《か》かれたラベルがはりつけてある。

「開《あ》きましたよ」

「……お酒《さけ》？」

美香《みか》ちゃんが不思議《ふしぎ》そうにつぶやいた。

「どうして、そんなところにお酒《さけ》が入《はい》ってるの？」

「それは僕《ぼく》にもわかりませんが、考《かんが》えるのは後回《あとまわ》しにしましょう。このカギでとなりの部屋《へや》を開《あ》けることができればよいのですが」

ひろし君《くん》が手《て》のひらにカギをにぎりしめたそのときだ。

問題文《もんだいぶん》の書《か》かれた冷蔵庫《れいぞうこ》が突然《とつぜん》、ぼくたちのほうに向《む》かって倒《たお》れてきた。

ぼくはとっさにその場《ば》から飛《と》びのいた。たけし君《くん》もぼくのすぐ横《よこ》に頭《あたま》からスライディングを決《き》める。どうやら、逃《に》げることに関《かん》してはぼくと同《おな》じくらい素早《すばや》いらしい。

「危《あぶ》ねえっ！」

卓郎君《たくろうくん》は美香《みか》ちゃんをかばいながら床《ゆか》を転《ころ》がった。

「みんな、大丈夫《だいじょうぶ》ですか？」

ひろし君《くん》が声《こえ》をかける。

「ああ。でも、どうして冷蔵庫《れいぞうこ》が——」

卓郎君《たくろうくん》の言葉《ことば》はそこで途切《とぎ》れた。倒《たお》れた冷蔵庫《れいぞうこ》の奥《おく》から現《あらわ》れた巨大《きょだい》な影《かげ》に、ぼうぜんとした表情《ひょうじょう》をうかべる。

そこにはあの怪物《かいぶつ》が立《た》っていた。

18 図工室《ずこうしつ》の攻防《こうぼう》

あまりにも突然《とつぜん》すぎるできごとに、ぼくたちは身動《みうご》きがとれずにいた。

……どうして？

ぽかんと口《くち》を開《あ》け、目《め》の前《まえ》の怪物《かいぶつ》をただただ見上《みあ》げる。

エレベーターでこの部屋《へや》まで下《お》りて来《き》たとき、ぼくはこの近《ちか》くに怪物《かいぶつ》がいないかどうかをまず確認《かくにん》した。

においをかげば、怪物《かいぶつ》がそばにひそんでいるかどうかはすぐに判断《はんだん》できる。校舎内《こうしゃない》のいたるところに怪物《かいぶつ》のにおいは染《し》みついていたが、そばに近《ちか》づいてきたときに感《かん》じる臭気《しゅうき》はそれとはまったく別物《べつもの》だった。あのとき、そのようなにおいはしなかった。それは断言《だんげん》できる。

もし、怪物《かいぶつ》がぼくたちに見《み》つからないよう廊下《ろうか》のほうからこっそり入《はい》ってきたとしても、絶対《ぜったい》にぼくの鼻《はな》はごまかせなかっただろう。

それなのに、ぼくは怪物《かいぶつ》が冷蔵庫《れいぞうこ》の裏側《うらがわ》にひそんでいたことに今《いま》の今《いま》まで気《き》づかなかった。

なぜだ？

ぼくの鼻《はな》がどうかなってしまったのか?

いや、そんなことはない。怪物《かいぶつ》が現《あらわ》れたとたん、そのにおいは部屋中《へやじゅう》に広《ひろ》がった。あまりの悪臭《あくしゅう》に頭《あたま》がくらくらする。ぼくの鼻《はな》は今《いま》も正常《せいじょう》だ。

「みなさん、こちらへ!」

ようやく我《われ》に返《かえ》ったのか、ひろし君《くん》が沈黙《ちんもく》を破《やぶ》った。怪物《かいぶつ》に背《せ》を向《む》け、はじかれたように給食室《きゅうしょくしつ》を飛《と》び出《だ》す。となりの教室《きょうしつ》へと逃《に》げこむつもりなのだろう。

「早《はや》く!」

ドアの前《まえ》でふり返《かえ》り、ひろし君《くん》はさけんだ。いつも落《お》ち着《つ》いているひろし君《くん》がめずらしくあわてている。それだけ危険《きけん》を感《かん》じとっているのかもしれない。

「あ、ああ、わかった」

美香《みか》ちゃんの手《て》を引《ひ》っ張《ぱ》って卓郎君《たくろうくん》があとに続《つづ》いた。

「たけし、行《い》くぞ!」

その場《ば》に立《た》ちつくしてふるえるたけし君《くん》の肩《かた》をつかみ、卓郎君《たくろうくん》は給食室《きゅうしょくしつ》を飛《と》び出《だ》した。

「うわっ!」

ドアのへりに足《あし》をひっかけたのか、たけし君《くん》が前《まえ》のめりに倒《たお》れる。怪物《かいぶつ》は今《いま》がチャンスとばかりにたけし君《くん》のほうへ太《ふと》いうでをのばした。

大切《たいせつ》な友達《ともだち》を食《た》べられてたまるか！

ぼくはありったけの声《こえ》をふりしぼってさけんだ。

怪物《かいぶつ》の動《うご》きが止《と》まり、ぼくのほうに目玉《めだま》だけを向《む》ける。そのすきに卓郎君《たくろうくん》がたけし君《くん》を助《たす》け起《お》こした。

みんなが給食室《きゅうしょくしつ》の前《まえ》から無事《ぶじ》に逃《に》げ出《だ》すのを見届《みとど》け、ぼくはほっと胸《むね》をなでおろした。

「先《さき》ほど見《み》つけたカギを使《つか》ってドアを開《あ》けました。みなさん、早《はや》くこちらへ！」

廊下《ろうか》からひろし君《くん》の声《こえ》が聞《き》こえてくる。その声《こえ》に反応《はんのう》したのか、怪物《かいぶつ》は給食室《きゅうしょくしつ》の外《そと》へ出《で》ようとした。

そうはさせるか！

怪物《かいぶつ》の前《まえ》に立《た》ちはだかる。

音楽室《おんがくしつ》で出会《であ》った幽霊《ゆうれい》の兄弟《きょうだい》は、「残《のこ》りふたつのパズルを解《と》けば、外《そと》に出《で》られる」と話《はな》していた。だけど、そのあとでぼくたちが見《み》つけたパズルはまだひとつだけ。最後《さいご》のパズルを解《と》き明《あ》かすまで、こいつにじゃまされるわけにはいかない。

ぼくがここでくいとめなければ。

「おい、タケルがまだだぞ！」

卓郎君《たくろうくん》の声《こえ》が聞《き》こえた。

ぼくにかまわず先《さき》へ進《すす》んで！

みんなに聞《き》こえるように大声《おおごえ》でさけぶ。

「タケル、早《はや》くこっちへ来《こ》い！」

今度《こんど》はたけし君《くん》の声《こえ》。

怪物《かいぶつ》が右手《みぎて》をふり上《あ》げた。うなり声《ごえ》をあげながら、ぼくをたたきつぶそうとする。ぼくはとっさに飛《と》びのいた。ものすごい風圧《ふうあつ》に吹《ふ》き飛《と》ばされそうになる。怪物《かいぶつ》の右手《みぎて》は床《ゆか》を派手《はで》に突《つ》き破《やぶ》った。

「タケル！　大丈夫《だいじょうぶ》なの？」

美香《みか》ちゃんのさけび声《ごえ》が聞《き》こえる。

「タケル君《くん》、待《ま》っててください！　今助《いまたす》けにいきます！」

みんながぼくの名《な》を口《くち》にした。ぼくがそこへたどり着《つ》くまで、先《さき》に進《すす》まないつもりなのだろう。

ちがう！　ダメだよ！

ぼくはありったけの力《ちから》でほえた。

ぼくにかまわず、早《はや》く逃《に》げて！

「待《ま》ってろ、タケル！」

「すぐに助《たす》けに行《い》くからね」

「タケル、死《し》ぬな！」

「タケル君《くん》！」

だれひとり、ぼくのいうことを聞《き》いてくれやしない。

まったく……人間《にんげん》ってなんでこんなにもわがままなんだろう？

怪物《かいぶつ》がしつこく、ぼくをたたきつぶそうとしてくる。それをギリギリのところでかわして廊下《ろうか》へと飛《と》び出《だ》した。

「タケル君《くん》、早《はや》くこっちへ！」

木材《もくざい》の山《やま》の向《む》こう側《がわ》にひろし君《くん》の姿《すがた》が見《み》えた。みんな、ぼくを見《み》て手《て》をふり回《まわ》している。

ぼくは犬《いぬ》だ。人間《にんげん》じゃない。

見《み》た目《め》もみんなとは全然《ぜんぜん》ちがうし、言葉《ことば》も通《つう》じない。ぼくのことなんて放《ほう》っておいてさっさと逃《に》げ出《だ》せばいいのに。それなのに、友達《ともだち》みたいにぼくのことを心配《しんぱい》してくれる。

まったく……人間《にんげん》って。

鼻《はな》の奥《おく》がツンと痛《いた》くなった。

ぼくを同《おな》じ仲間《なかま》としてあつかってくれるのなら、ぼくもその気持《きも》ちに応《こた》えなくちゃいけない。

給食室《きゅうしょくしつ》をふり返《かえ》り、牙《きば》をむく。

ぼくのなにがそんなにこわいのかよくわからないけれど、怪物《かいぶつ》はたけし君《くん》みたいに尻《しり》もちをついて後《あと》ずさりを始《はじ》めた。

今《いま》のうちだ！

廊下《ろうか》に横《よこ》たわる木材《もくざい》を飛《と》びこえ、ぼくはみんなのそばまでかけ寄《よ》った。

早《はや》く教室《きょうしつ》の中《なか》へ！　もたもたしてると、怪物《かいぶつ》が追《お》いかけてくるよ！

ひろし君《くん》にそうさけぶ。

「そうですね。急《いそ》ぎましょう」

偶然《ぐうぜん》だろうけど、まるでぼくの言葉《ことば》がわかったみたいに、ひろし君《くん》はうなずいた。

校舎全体《こうしゃぜんたい》がゆれ、あたりに爆音《ばくおん》がとどろく。給食室《きゅうしょくしつ》の壁《かべ》がくずれ、怪物《かいぶつ》が廊下《ろうか》に姿《すがた》を見《み》せた。

入《い》れちがいで、ぼくたちは教室内《きょうしつない》へと飛《と》びこんだ。ひろし君《くん》がさっと内側《うちがわ》から錠《じょう》をおろす。

教室《きょうしつ》の中《なか》には大《おお》きな棚《たな》があり、石膏像《せっこうぞう》がいくつも並《なら》べられていた。黒板《こくばん》の前《まえ》には額縁《がくぶち》が何枚《なんまい》も積《つ》み重《かさ》ねられている。机《つくえ》の上《うえ》には釘《くぎ》や金《かな》づちが並《なら》んでいた。どうやら、ここは図工室《ずこうしつ》らしい。

壁《かべ》にはりつけられた絵《え》が日《ひ》に焼《や》けるのを防《ふせ》ぐためなのか、この部屋《へや》も給食室同様《きゅうしょくしつどうよう》、窓《まど》がひとつもなかった。裏口《うらぐち》も見当《みあ》たらず、出入《でい》り口《ぐち》はぼくたちがたった今入《いまはい》ってきた廊下《ろうか》に面《めん》したドアしかない。

「チクショー。なんで、ここにも窓《まど》がねえんだよ！」

卓郎君《たくろうくん》が教壇《きょうだん》をけった。

「オレたち、運《うん》が悪《わる》すぎるんじゃない？」

たけし君《くん》が口《くち》をとがらせる。

「運《うん》が悪《わる》い……本当《ほんとう》にそうなのでしょうか？」

あごに手《て》をそえて、ひろし君《くん》はいった。

ドアの向《む》こうから木材《もくざい》のくずれる音《おと》が聞《き》こえた。怪物《かいぶつ》のうなり声《ごえ》がゆっくりとこちらに近《ちか》づいてくる。

「廊下《ろうか》に積《つ》み上《あ》げられた木材《もくざい》が邪魔《じゃま》をして、僕《ぼく》たちはこの部屋《へや》に来《く》ることしかできませんでした」

「だろ？　だから、オレたちは運《うん》が悪《わる》いって――」

「最初《さいしょ》からそうなるように仕組《しく》まれていたとは考《かんが》えられませんか？　もしかしたら、木材《もくざい》でほかのルートを断《た》ち、僕《ぼく》たちをこの部屋《へや》へと誘《さそ》いこむ作戦《さくせん》だったのかもしれません」

「まさか」

卓郎君《たくろうくん》が鼻《はな》を鳴《な》らす。

「そんな知恵《ちえ》があるっていうのか？　あのマヌケ面《づら》の化《ば》け物《もの》に」


ガンッ！

卓郎君《たくろうくん》の言葉《ことば》に腹《はら》を立《た》てたのか、耳《みみ》をつんざくような轟音《ごうおん》とともに、ドアが激《はげ》しくゆれた。その振動《しんどう》で、棚《たな》から分厚《ぶあつ》い本《ほん》が一冊《いっさつ》落《お》ちてくる。

ガンッ！　ガンッ！


二度《にど》、三度《さんど》――ドアは乱暴《らんぼう》にたたかれた。

「あいつが来《き》た……」

たけし君《くん》は机《つくえ》の下《した》にもぐりこむと、両手《りょうて》で頭《あたま》を抱《かか》え、ぶるぶるとふるえ始《はじ》めた。

ドアがくりかえしたたかれる。今度《こんど》は棚《たな》から石膏像《せっこうぞう》が転《ころ》がり落《お》ち、粉々《こなごな》にくだけ散《ち》った。まるでぼくたちの未来《みらい》を暗示《あんじ》しているかのようで、背《せ》すじが冷《つめ》たくなる。

ガンッ！　ガンッ！　ガンッ！


ドアにひびが入《はい》った。カギはかかっているが、そう長《なが》くはもたないだろう。

「どうするんだよ、おい！　このままじゃ、俺《おれ》たち全員《ぜんいん》、あいつに殺《ころ》されちまうぞ！」

卓郎君《たくろうくん》がさけぶ。

「……見《み》つけました」

大声《おおごえ》を張《は》りあげる卓郎君《たくろうくん》とは裏腹《うらはら》に、ひろし君《くん》はどこまでも冷静《れいせい》だ。教室《きょうしつ》の一番奥《いちばんおく》にあった六《ろく》人《にん》がけの机《つくえ》を指《さ》し示《しめ》し、口《くち》のはしをわずかに引《ひ》き上《あ》げた。

「見《み》つけたってなにを？　かくしとびらか？」

ドアをおさえながら卓郎君《たくろうくん》がきく。

「いえ、新《あたら》しい問題《もんだい》です」

ひろし君《くん》が指差《ゆびさ》した先《さき》には、ノートが一冊《いっさつ》、ページを開《ひら》いた状態《じょうたい》で置《お》かれていた。

19 二十年前《にじゅうねんまえ》の写真《しゃしん》

机《つくえ》の左《ひだり》すみにとりつけられた赤《あか》と青《あお》のランプ。

地下牢《ちかろう》の壁《かべ》に設置《せっち》されていたランプと同《おな》じものだったが、ここにはひとつずつしかない。

ランプの横《よこ》には黒《くろ》い箱《はこ》が置《お》いてある。こちらも、地下牢《ちかろう》にあった箱《はこ》とよく似《に》た形《かたち》をしていた。

箱《はこ》の表面《ひょうめん》には太陽《たいよう》のシールがはられている。

そして、金庫《きんこ》のそばに広《ひろ》げられた一冊《いっさつ》のノート。

そこには読《よ》みやすいキレイな文字《もじ》でこう書《か》かれていた。

イワナにツミレ、モヤシのせ
ラーメン盗《ぬす》む悪友《あくゆう》は
○○○っ○○○姉様《ねえさま》よ
おひとり、風呂《ふろ》へ勝《か》ちほこる

【問題《もんだい》】ラーメンを盗《ぬす》んだ悪友《あくゆう》はだれ？

「なに、これ？」

ノートをのぞきこんだ美香《みか》ちゃんが小首《こくび》をかしげた。

「イワナって魚《さかな》のこと？　ツミレは魚《さかな》のすり身《み》を固《かた》めて丸《まる》めた団子《だんご》だよね？　それをのせたラーメン？　なんのこと？　最後《さいご》の行《ぎょう》なんてまるで意味不明《いみふめい》だし」

ノートの下《した》には、テレビのクイズ番組《ばんぐみ》でよく見《み》かける大《おお》きなおしボタンのようなものが三《みっ》つ置《お》いてあった。

ボタンには女《おんな》の人《ひと》のイラストがえがかれている。左《ひだり》のボタンの女性《じょせい》は花柄《はながら》のぼうしをかぶり、真《ま》ん中《なか》の女性《じょせい》は金髪《きんぱつ》で鼻《はな》の高《たか》い外国人風《がいこくじんふう》、右《みぎ》の女性《じょせい》は頭《あたま》に白《しろ》い布《ぬの》をかぶり袈裟《けさ》をまとっていた。

ボタンからのびたコードは箱《はこ》につながっている。この三人《さんにん》の中《なか》から正解《せいかい》を選《えら》べということなのだろう。

赤《あか》と青《あお》のボタンはひとつずつしかない。つまり、答《こた》えるチャンスは一回《いっかい》だけのようだ。

「おい。今《いま》はそんなでたらめなクイズをやってる場合《ばあい》じゃないだろ！」

金《かな》づちをふり回《まわ》しながら、卓郎君《たくろうくん》がさけんだ。部屋《へや》のすみに置《お》いてあった木製《もくせい》のキャンバスを釘《くぎ》でドアに固定《こてい》し、怪物《かいぶつ》の侵入《しんにゅう》を食《く》い止《と》めるつもりらしい。

「おまえらも手伝《てつだ》ってくれ！」

その声《こえ》にうなずき、美香《みか》ちゃんが卓郎君《たくろうくん》のそばへとかけ寄《よ》る。しかし、たけし君《くん》は机《つくえ》の下《した》でふるえたままだ。ひろし君《くん》もその場《ば》を動《うご》こうとしない。

「ひろし、早《はや》く！　パズルなんてどうでもいいだろ？」

「いえ」

ひろし君《くん》は頭《あたま》を横《よこ》にふった。

「地下牢《ちかろう》でも給食室《きゅうしょくしつ》でも、僕《ぼく》たちはパズルを解《と》くことで次《つぎ》の部屋《へや》のカギを手《て》に入《い》れました。逆《ぎゃく》にいえば、このパズルを解《と》かない限《かぎ》り、脱出《だっしゅつ》はできないのではありませんか？」

「だけど、ここで行《い》き止《ど》まりなんだぞ。もしカギが見《み》つかったとして、一体《いったい》どこのドアを開《あ》けるつもりなんだよ？」

「それはカギを手《て》に入《い》れてから考《かんが》えましょう。今《いま》はまずこの問題《もんだい》を解《と》くことに集中《しゅうちゅう》すべきです」

「おまえ、今《いま》の状況《じょうきょう》がわかってるのか？　ドアを破《やぶ》られたらおしまいなんだぞ!?」

「すぐにパズルを解《と》き終《お》えますので、卓郎君《たくろうくん》たちはなんとかして時間《じかん》をかせいでください」

「だけど、おまえ――」

「卓郎《たくろう》。ひろしに従《したが》おうよ」

卓郎君《たくろうくん》の言葉《ことば》をさえぎったのは美香《みか》ちゃんだった。

「これまでだって、何度《なんど》も助《たす》けられてきたじゃない。ひろしを信《しん》じて、あたしたちは巨人《きょじん》をくいとめることだけを考《かんが》えよう」

「あ……ああ」

「ひろし、それでいいんだよね？」

「もちろんです」

ひろし君《くん》はノートを見《み》つめたままうなずいた。

「よし、わかった。美香《みか》、釘《くぎ》をもっと持《も》ってきてくれ！　俺《おれ》たちでこの図工室《ずこうしつ》を守《まも》りぬくぞ！」

「オッケー！」

ふたりは抜群《ばつぐん》に息《いき》が合《あ》っていた。怪物《かいぶつ》は少《すこ》しずつドアを破壊《はかい》していったが、そのスピードよりも速《はや》くドアが補強《ほきょう》されていく。これなら大丈夫《だいじょうぶ》かもしれない。

「……なんだよ、この問題《もんだい》？」

いつの間《ま》にそばにいたのか、たけし君《くん》がノートをのぞきこんで情《なさ》けない声《こえ》をもらした。

「おい。こんなの本当《ほんとう》に解《と》けるのか？」

「大丈夫《だいじょうぶ》です。解《と》きかたはすでにわかっていますから」

ポケットに手《て》を入《い》れ、ひろし君《くん》は答《こた》えた。

「え？　そうなのか？」

「このきみょうな文章《ぶんしょう》――すべてひらがなに置《お》きかえてみるとわかりますが、同《おな》じ文字《もじ》がひとつも使《つか》われていません」

「……え？」

たけし君《くん》はノートに顔《かお》を寄《よ》せ、そこに書《か》かれていた文章《ぶんしょう》を呪文《じゅもん》のようにとなえた。

「いわなにつみれもやしのせらーめんぬすむあくゆうは……本当《ほんとう》だ。全部《ぜんぶ》、ちがうひらがなだ」

「おそらく、これはいろは歌《うた》なのだと思《おも》います」

ポケットからかるたをとり出《だ》し、ひろし君《くん》はいった。

「いろは歌《うた》って……いろはにほへとってヤツか？」

「そうです。〈いろはにほへと〉のように、すべてのかなを重複《ちょうふく》させずに作《つく》られた文章《ぶんしょう》――それがいろは歌《うた》です。ただ、このいろは歌《うた》は〈ゐ〉や〈ゑ〉などの古《ふる》いかなは使《つか》わず、代《か》わりに撥《はっ》音《おん》、長音《ちょうおん》、促音《そくおん》を使《つか》っているようですが」

かるたの絵札《えふだ》を机《つくえ》の上《うえ》に広《ひろ》げながらひろし君《くん》は説明《せつめい》した。

「はつおん？　なんのことだよ？」

「ああ、すみません。撥音《はつおん》というのは五十音《ごじゅうおん》の最後《さいご》の文字《もじ》〈ん〉のことです。長音《ちょうおん》はのばす音《おと》――この場合《ばあい》は〈ラーメン〉の〈ー〉ですね。促音《そくおん》は〈きって〉や〈コップ〉などに使《つか》われる小《ちい》さい〈っ〉のことです」

「……ふうん」

わかっているのかいないのか、たけし君《くん》はあいまいな返事《へんじ》をした。

ひろし君《くん》はものすごいスピードで、絵札《えふだ》を一枚《いちまい》ずつ机《つくえ》の外《そと》へとはじいていく。

「ひらがな四十五文字《よんじゅうごもじ》に撥音《はつおん》、長音《ちょうおん》、促音《そくおん》をくわえた合計四十八文字《ごうけいよんじゅうはちもじ》。このノートに記《しる》された文《ぶん》章《しょう》はこれらの文字《もじ》を一回《いっかい》ずつ使《つか》って作《つく》られたものなのでしょう。つまり、空欄《くうらん》に入《はい》るひらがなはこの六《むっ》つにしぼられます」

テーブルの上《うえ》には六枚《ろくまい》の絵札《えふだ》が残《のこ》った。適当《てきとう》にはじいていたわけではなく、どうやらノートに書《か》かれていた文字《もじ》と同《おな》じ札《ふだ》をとりのぞいていたらしい。

「使《つか》われていないかなは〈き〉〈け〉〈そ〉〈た〉〈て〉〈を〉の六《むっ》つ。これを並《なら》べかえて空欄《くうらん》に埋《う》めこめば——わかりました。正解《せいかい》はこれですね。袈裟《けさ》を身《み》につけ、頭《あたま》の毛《け》をすべて剃《そ》り落《お》とした尼《あま》さんです」

そういって、一番右側《いちばんみぎがわ》のボタンをおす。

すると箱《はこ》が開《ひら》き、中《なか》からカギと銀色《ぎんいろ》の絵《え》の具《ぐ》が現《あらわ》れた。

「やったな、ひろし！」

たけし君《くん》が口笛《くちぶえ》を鳴《な》らした。

「でも……絵《え》の具《ぐ》？　給食室《きゅうしょくしつ》の箱《はこ》にはお酒《さけ》が入《はい》っていたし、これってなにか意味《いみ》があるのか？」

突然《とつぜん》、あたりが静《しず》かになった。ドアをたたく音《おと》がぴたりとやむ。

息《いき》をひそめ、耳《みみ》をすませると、廊下《ろうか》を歩《ある》く怪物《かいぶつ》の足音《あしおと》が聞《き》こえた。どれだけがんばってもドアを壊《こわ》せないので、あきらめて立《た》ち去《さ》ることにしたようだ。

「……助《たす》かった」

卓郎君《たくろうくん》と美香《みか》ちゃんはほっとした顔《かお》つきでドアの前《まえ》に座《すわ》りこんだ。

「ふたりともありがとうございます」

ひろし君《くん》が礼《れい》をのべた。

「こちらも終《お》わりました」

「ん……なんだ、これ？」

たけし君《くん》が一冊《いっさつ》の本《ほん》を拾《ひろ》い上《あ》げる。棚《たな》から落《お》ちてきた緑色《みどりいろ》の分厚《ぶあつ》い本《ほん》だ。

表紙《ひょうし》には〈碧奥小学校五十年の歴史《へきおうしょうがっこうごじゅうねんのれきし》〉と記《しる》されていた。創立五十周年《そうりつごじっしゅうねん》を記念《きねん》して製作《せいさく》された本《ほん》らしい。たけし君《くん》がページをめくる。

この学校《がっこう》ができあがった時代《じだい》の説明《せつめい》から始《はじ》まり、当時《とうじ》の子供《こども》たちの様子《ようす》、行事風景《ぎょうじふうけい》などが、たくさんの写真《しゃしん》とともに紹介《しょうかい》されている。

最終《さいしゅう》ページにはこの本《ほん》が作《つく》られたときに在籍《ざいせき》していた子供《こども》たちの集合写真《しゅうごうしゃしん》が掲載《けいさい》されていた。

音楽室《おんがくしつ》で出会《であ》った兄弟《きょうだい》の顔《かお》もすぐに見《み》つかった。子供《こども》たちのうしろには満開《まんかい》の桜《さくら》が写《うつ》っている。この写真《しゃしん》を撮《と》ってから数《すう》か月後《げつご》に、彼《かれ》らはあの怪物《かいぶつ》におそわれて亡《な》くなったのだろう。

「あれ？　これって……」

コウジ君《くん》のとなりに写《うつ》っている女《おんな》の子《こ》を指差《ゆびさ》し、たけし君《くん》はつぶやいた。

「ねえ、ちょっとこの写真《しゃしん》を見《み》てよ！」

たけし君《くん》が卓郎君《たくろうくん》のそばにかけ寄《よ》る。

「俺《おれ》たちはこんなにも疲《つか》れてるっていうのに、おまえはずいぶんと元気《げんき》そうだな」

座《すわ》りこんだまま、卓郎君《たくろうくん》は皮肉《ひにく》たっぷりにいった。だが、たけし君《くん》には伝《つた》わらなかったようだ。

「ねえねえ、ここ見《み》て」

「あれ？　これって……」

たけし君《くん》が本《ほん》を広《ひろ》げると卓郎君《たくろうくん》の表情《ひょうじょう》が変《か》わった。

「やっぱりそうだよね？」

「下《した》に名前《なまえ》が書《か》いてあるぞ。えーと……」

ぼくも写真《しゃしん》を見《み》た瞬間《しゅんかん》に気《き》づいていた。

そこに写《うつ》っていた女《おんな》の子《こ》は——

「……坂木《さかき》ハルナ」

卓郎君《たくろうくん》が名前《なまえ》を読《よ》みあげる。

それは二十年前《にじゅうねんまえ》のハルナ先生《せんせい》だった。

20 怪物《かいぶつ》の正体《しょうたい》

ハルナ先生《せんせい》は二十年前《にじゅうねんまえ》、子供《こども》たちが次々《つぎつぎ》と行方不明《ゆくえふめい》になる事件《じけん》が起《お》こったまさにそのとき、碧《へき》奥小学校《おしょうがっこう》に通《かよ》っていた。

衝撃的《しょうげきてき》な事実《じじつ》に、ぼくはからだをふるわせた。

「え？　あの先生《せんせい》って碧奥小学校《へきおしょうがっこう》の元生徒《もとせいと》だったの？」

「だけど、どうしてそのことをオレたちにだまってたんだろ？」

「こんな田舎《いなか》の小学校《しょうがっこう》に通《かよ》ってたとばれるのが恥《は》ずかしかったんじゃねえのか？」

「そうかもしれませんね」

ぼくとちがって、みんなはそれほどおどろいていない。まあ、それも仕方《しかた》がないだろう。ひろし君《くん》たちは音楽室《おんがくしつ》の幽霊《ゆうれい》の会話《かいわ》を聞《き》いていない。

——お昼《ひる》ご飯《はん》の中《なか》に青《あお》い虫《むし》みたいなものが混《ま》ざってて、それを食《た》べたせいであいつは……。

コウジ君《くん》のお兄《にい》さんが口《くち》にした言葉《ことば》を思《おも》い出《だ》す。

——あんなふうになる前《まえ》は、俺《おれ》たちすごく仲《なか》がよかったのにな……。

二十年前《にじゅうねんまえ》、コウジ君《くん》のお兄《にい》さんと仲《なか》のよかっただれかは、青《あお》い虫《むし》を食《た》べたことで怪物《かいぶつ》になってしまった。子供《こども》たちをおそったあとも、だれにも見《み》つかることなく、今日《きょう》までずっと生《い》き続《つづ》けてきたのだろう。

だけど、よく考《かんが》えてみたらおかしい。

子供《こども》たちが十人《じゅうにん》以上《いじょう》も行方不明《ゆくえふめい》になる事件《じけん》が起《お》きたのだから当然《とうぜん》、学校中《がっこうじゅう》に警察官《けいさつかん》がやって来《き》て、あらゆるところを調《しら》べつくしたはずだ。

にもかかわらず、どうして怪物《かいぶつ》はだれにも発見《はっけん》されなかったのだろう？

もしかして……。

あまりにも突飛《とっぴ》すぎる想像《そうぞう》に、ぼくは苦笑《くしょう》した。

まさか……そんなことがあるはずはない。

補強《ほきょう》のためにドアに打《う》ちつけていたキャンバスをすべてはがし終《お》えると、ひろし君《くん》はそっと廊《ろう》下《か》の様子《ようす》をうかがい、

「さあ、行《い》きましょう」

みんなをうながした。

「行《い》くってどこへ？」

美香《みか》ちゃんがたずねる。

「この部屋《へや》で見《み》つかった三《みっ》つめのカギ——これは最初《さいしょ》に僕《ぼく》たちが目《め》を覚《さ》ました地下室《ちかしつ》のドアのカギです」

右手《みぎて》ににぎりしめていたカギを美香《みか》ちゃんに見《み》せ、ひろし君《くん》は答《こた》えた。

「え……どうしてわかるの？」

「キーウェイです」

「キーウェイって？」

「カギの先端《せんたん》のギザギザ部分《ぶぶん》にピッタリはまるよう彫《ほ》られたシリンダー内《ない》の形状《けいじょう》のことです。地《ち》下室《かしつ》のドアのシリンダー内《ない》をのぞきこんだときに、カギの形《かたち》は大体《だいたい》わかりましたから」

ひろし君《くん》の言葉《ことば》に、みんなぼうぜんとしている。

非科学的《ひかがくてき》です、というセリフをひろし君《くん》はよく口《くち》にするが、ひろし君《くん》にこそいってやりたい。君《きみ》の頭《あたま》のよさは現実《げんじつ》ばなれしすぎてて非科学的《ひかがくてき》です、と。

ひろし君《くん》が先頭《せんとう》になり、ぼくたちは廊下《ろうか》を移動《いどう》した。階段《かいだん》に向《む》かうルートは木材《もくざい》の山《やま》で埋《う》まっているので、ここまでやって来《き》た道《みち》のりの逆《ぎゃく》をたどって進《すす》まなければならない。

怪物《かいぶつ》の気配《けはい》がないことを確《たし》かめ、慎重《しんちょう》に給食室《きゅうしょくしつ》へと入《はい》る。

「あ、おまえ――」

たけし君《くん》が調理台《ちょうりだい》の上《うえ》を指差《ゆびさ》した。

「今《いま》までどこに行《い》ってたんだよ？」

そこには右耳《みぎみみ》の半分《はんぶん》ちぎれたウサギがちょこんと座《すわ》っていた。からだをのばして、水道《すいどう》の蛇口《じゃぐち》をなめようとしている。

「のどがかわいてるのか？」

たけし君《くん》は蛇口《じゃぐち》をひねったが、水《みず》は一滴《いってき》も出《で》なかった。

「ダメだ。どうしよう？」

「これを飲《の》ませてあげてください」

いつの間《ま》に用意《ようい》したのか、ひろし君《くん》がアルミの食器《しょっき》をウサギの前《まえ》に置《お》いた。食器《しょっき》の中《なか》には透明《とうめい》な液体《えきたい》が入《はい》っている。ウサギはおいしそうにそれをなめ始《はじ》めた。

「ひとつ、疑問《ぎもん》に思《おも》っていたことがあるのですが」

倒《たお》れた冷蔵庫《れいぞうこ》のほうを見《み》て、ひろし君《くん》はいった。みんなの視線《しせん》がひろし君《くん》に集《あつ》まる。

「この部屋《へや》のパズルを解《と》き終《お》わった直後《ちょくご》、冷蔵庫《れいぞうこ》の裏《うら》からいきなり巨大生物《きょだいせいぶつ》が現《あらわ》れましたよね？」

「ああ……あれにはビビったな」

卓郎君《たくろうくん》が首《くび》をすくめる。

「一体《いったい》、巨大生物《きょだいせいぶつ》はどこから出現《しゅつげん》したのでしょうか？」

「どこって……ずっと冷蔵庫《れいぞうこ》の後《うし》ろにかくれていたんじゃないの？」

たけし君《くん》がいった。

「よく見《み》てください。冷蔵庫《れいぞうこ》の裏《うら》は、普通体型《ふつうたいけい》の大人《おとな》がようやくひとりかくれられるほどのスペースしかありません。そこにあの巨大《きょだい》なからだをおしこむことは不可能《ふかのう》です」

そう口《くち》にしながら、ひろし君《くん》は冷蔵庫《れいぞうこ》と壁《かべ》の間《あいだ》のわずかなスペースをのぞきこんだ。

「おや？　なにか落《お》ちていますね」

「そんなすきまにかくれるなんて……ぺったんこにでもなってたのかな？」

美香《みか》ちゃんが冗談《じょうだん》めかした口調《くちょう》でいった。

「バカいうなよ。そんなことできるわけがないだろ」

卓郎君《たくろうくん》が鼻《はな》を鳴《な》らして笑《わら》う。

「……こんなものが冷蔵庫《れいぞうこ》の裏《うら》から見《み》つかりました」

ひろし君《くん》が立《た》ち上《あ》がった。その手《て》にはピンク色《いろ》のハンカチがにぎられている。テントウムシの刺繍《ししゅう》が入《はい》っていた。ハルナ先生《せんせい》が持《も》っていたものだ。

「え？　もしかして、先生《せんせい》はあいつに食《た》べられちゃったわけ!?」

たけし君《くん》の声《こえ》が裏返《うらがえ》る。

「いえ、それはないでしょう。ジェイルハウスでのできごとを思《おも》い出《だ》してみてください。巨大生《きょだいせい》物《ぶつ》につかまったタケル君《くん》のオジサンや美香《みか》さんはすぐにはおそわれず、からだをしばられて地下《ちか》に放置《ほうち》されましたよね？　あの生物《せいぶつ》は犬《いぬ》が苦手《にがて》なので、衣服《いふく》に染《し》みついたタケル君《くん》のにおいがうすれるまで待《ま》つつもりだったのです。先生《せんせい》も何度《なんど》かタケル君《くん》を抱《だ》いています。ですから、すぐに食《た》べられるようなことはないはずです」

「じゃあ、そのハンカチはなんだよ？　どうして、そんなところに落《お》ちてるんだ？　まさか、先《せん》生《せい》があの化《ば》け物《もの》だったとかいい出《だ》すんじゃねえだろうな？」

卓郎君《たくろうくん》は笑《わら》いながらいった。最初《さいしょ》は冗談《じょうだん》のつもりだったのだろう。だが、その笑顔《えがお》が次第《しだい》にこわばり始《はじ》める。

「あの先生《せんせい》は二十年前《にじゅうねんまえ》、この学校《がっこう》にいた……そのことを俺《おれ》たちにかくしていたのはなぜだ？　地《ち》下室《かしつ》に化《ば》け物《もの》が現《あらわ》れたのは、先生《せんせい》が地下室《ちかしつ》から逃《に》げ出《だ》したあとだった。これは偶然《ぐうぜん》なのか？　先《せん》生《せい》なら冷蔵庫《れいぞうこ》の後《うし》ろにかくれることができる。もしかして化《ば》け物《もの》の正体《しょうたい》は……」

あまりにもばかげていると思《おも》ってぼくが頭《あたま》から追《お》いはらった妄想《もうそう》を、卓郎君《たくろうくん》は口《くち》に出《だ》した。

二十年前《にじゅうねんまえ》の事件《じけん》。音楽室《おんがくしつ》で出会《であ》った幽霊兄弟《ゆうれいきょうだい》の発言《はつげん》を信《しん》じるならば、行方不明《ゆくえふめい》になった子供《こども》たちがブルーベリー色《いろ》の怪物《かいぶつ》におそわれて死《し》んでしまったことはもはやまちがいない。

しかし、警察《けいさつ》の捜索《そうさく》で怪物《かいぶつ》が見《み》つかることはなかった。それはなぜか？

怪物《かいぶつ》がもとの姿《すがた》——青《あお》い虫《むし》を食《た》べる前《まえ》の自分《じぶん》にもどれるのだとしたら？　人間《にんげん》として普通《ふつう》に生活《せいかつ》していけば、だれにも疑《うたが》われることはなかっただろう。

怪物《かいぶつ》の正体《しょうたい》は……ハルナ先生《せんせい》？

真実《しんじつ》を確《たし》かめようと、ぼくはひろし君《くん》の顔《かお》を見《み》た。ひろし君《くん》なら、もうすべてわかっているはずだ。

しかし、ひろし君《くん》は相変《あいか》わらず表情《ひょうじょう》にとぼしく、なにを考《かんが》えているのかさっぱり読《よ》みとれない。

「詮索《せんさく》は後回《あとまわ》しです。もたもたしていると夜《よる》になってしまいますよ。急《いそ》いで地下室《ちかしつ》に向《む》かいましょう」

そういって、さっさとエレベーターにもぐりこんでしまった。

「ねえ、ウサギがいなくなってるんだけど」

美香《みか》ちゃんが調理台《ちょうりだい》の上《うえ》を指《さ》し示《しめ》す。彼女《かのじょ》のいうとおり、ウサギはどこにも見当《みあ》たらず、空《から》っぽになった食器《しょっき》だけがぽつりと残《のこ》っている。

「ウサギなら僕《ぼく》たちが話《はなし》に夢中《むちゅう》になっている間《あいだ》に、廊下《ろうか》のほうへ走《はし》っていきましたけど」

エレベーターの中《なか》からひろし君《くん》がいった。

「大丈夫《だいじょうぶ》かな？　そっちは行《い》き止《ど》まりなのに……」

「あのウサギならわずかなすきまも通《とお》り抜《ぬ》けられます。心配《しんぱい》はいらないでしょう」

そう口《くち》にして、ひろし君《くん》はエレベーターのとびらを閉《し》めた。

ここへやって来《き》たときと同《おな》じように、ひとりずつエレベーターに乗《の》りこむ。

二階《にかい》へもどって来《き》たぼくたちは、壁《かべ》の穴《あな》をくぐりぬけて音楽室《おんがくしつ》へと移動《いどう》した。

音楽室《おんがくしつ》ではピアノの上《うえ》に腰《こし》を下《お》ろした幽霊《ゆうれい》の兄弟《きょうだい》が、心配《しんぱい》そうにこちらを見《み》つめていた。

『あとちょっとだよ』

『油断《ゆだん》しないで』

ふたりの声《こえ》が耳《みみ》に届《とど》く。

ねえ、君《きみ》たち。

彼《かれ》らのそばにかけ寄《よ》り、ぼくは口《くち》を開《ひら》いた。

コウジ君《くん》が首《くび》をかしげる。

『どうした？』
ぼくたちといっしょに、ここから逃《に》げようよ。
『このワンちゃん、なにかしゃべってるみたい』
『いっしょに逃《に》げようといってくれてるのかな？』
うん、そうだよ。そのとおり。
ぼくはしっぽをふった。
『残念《ざんねん》だけど、俺《おれ》たちはもうここから離《はな》れられないんだ』
お兄《にい》さんがさみしそうに答《こた》える。
『だけど、大丈夫《だいじょうぶ》。君《きみ》たちはまだ間《ま》に合《あ》うからさ』
コウジ君《くん》が笑《わら》っていった。
「おい、タケル。行《い》くぞ」
ドアの向《む》こうからたけし君《くん》の声《こえ》がかかる。
……じゃあね。
ぼくは何度《なんど》もふり返《かえ》りながら、ふたりの前《まえ》を離《はな》れた。
『さよなら、ワンちゃん。気《き》をつけてね』

『もう二度《にど》とこんなところに来《く》るんじゃないぞ』

ふたりの声《こえ》を背中《せなか》に受《う》けながら、ぼくは音楽室《おんがくしつ》を飛《と》び出《だ》した。

そのまま一気《いっき》に階段《かいだん》をかけ下《お》りる。

先頭《せんとう》を走《はし》っていたひろし君《くん》が突然《とつぜん》、踊《おど》り場《ば》で足《あし》を止《と》めた。後《うし》ろにいたたけし君《くん》がひろし君《くん》の背《せ》中《なか》に思《おも》いきり鼻《はな》をぶつける。

「いってえ。おい、急《きゅう》にどうしたんだ――」

たけし君《くん》はそこで言葉《ことば》をのみこんだ。

一階《いっかい》の廊下《ろうか》にはハルナ先生《せんせい》が立《た》っていた。

21 ありがとう、さようなら

「よかった、みんな無事《ぶじ》で」

ハルナ先生《せんせい》はぼくたちに向《む》かってにっこりとほほえんだ。

服《ふく》はあちこち破《やぶ》れ、顔《かお》は泥《どろ》で黒《くろ》くよごれている。

「今《いま》までどこにいたのですか？」

階段《かいだん》をゆっくりと下《お》りながら、ひろし君《くん》がたずねた。

「おい、ひろし。それ以上《いじょう》、近《ちか》づくな。そいつは――」

卓郎君《たくろうくん》が肩《かた》に手《て》をかけたが、それをふりはらってひろし君《くん》は先生《せんせい》の前《まえ》へと進《すす》み出《で》た。

みんなはあとに続《つづ》くことをためらい、踊《おど》り場《ば》で立《た》ちつくしていたが、ぼくは迷《まよ》うことなくひろし君《くん》の足《あし》もとにかけ寄《よ》った。

先生《せんせい》のからだがむくむくと大《おお》きくなり怪物《かいぶつ》に変《か》わったら、すぐにかみついてやる。

「早《はや》くここから逃《に》げましょう」

先生《せんせい》は早口《はやくち》でいった。

「この学校《がっこう》には今《いま》まで見《み》たことのないような大《おお》きな動物《どうぶつ》がすみついてるの。ここにいたら危《あぶ》ない。だからすぐに――」

「しらじらしい」

卓郎君《たくろうくん》の声《こえ》が背後《はいご》から聞《き》こえた。

「え？　なに？　なにかいった？」

「今《いま》までどこにいたのですか？」

語調《ごちょう》を強《つよ》め、ひろし君《くん》は先《さき》ほどと同《おな》じ質問《しつもん》をくり返《かえ》した。

「どうしたの？　みんなこわい顔《かお》して」

「僕《ぼく》の質問《しつもん》に答《こた》えてください」

「みんなを置《お》き去《ざ》りにして逃《に》げたことは謝《あやま》る。本当《ほんとう》はみんなを守《まも》らなくちゃいけない立場《たちば》なのに……先生《せんせい》にあるまじき行動《こうどう》だったわ。本当《ほんとう》にごめんなさい」

ハルナ先生《せんせい》は深々《ふかぶか》と頭《あたま》を下《さ》げた。

「だけど、いきなり猛獣《もうじゅう》がおそいかかってきて……必死《ひっし》で逃《に》げるしかなかったの。山積《やまづ》みになった木材《もくざい》をなんとか乗《の》りこえて給食室《きゅうしょくしつ》の戸棚《とだな》に飛《と》びこんだあとは、耳《みみ》をふさいでずっとかくれていたんだけれど」

「先《さき》ほどこれを拾《ひろ》いました」

ひろし君《くん》が刺繍《ししゅう》の入《はい》ったハンカチをとり出《だ》すと、先生《せんせい》はおどろきの表情《ひょうじょう》を示《しめ》した。

「あ、それ。どこにあったの？」

「給食室《きゅうしょくしつ》です。冷蔵庫《れいぞうこ》の裏側《うらがわ》に」

「最初《さいしょ》、そこにかくれようとしたんだけど、ちょっとせますぎて……。そのとき落《お》としたのね。どうもありがとう」

ひろし君《くん》からハンカチを受《う》けとり、先生《せんせい》は小《ちい》さく笑《わら》った。

「これ、お気《き》に入《い》りのハンカチなんだ。この刺繍《ししゅう》、先生《せんせい》がやったんだよ。うまくできてるでしょう?」

……おかしい。あまりにも無邪気《むじゃき》すぎる。

ハルナ先生《せんせい》の顔《かお》をながめているうちに、ぼくはだんだんと自信《じしん》がなくなってきてしまった。本当《ほんとう》に、この人《ひと》が怪物《かいぶつ》なのだろうか?

「あ、そうそう。先生《せんせい》からもあなたに渡《わた》すものがあるの」

ポケットを探《さぐ》りながら、ハルナ先生《せんせい》はいった。

「ゴメンね。これをあなたに返《かえ》すのをすっかり忘《わす》れていたわ」

先生《せんせい》がとり出《だ》したのはひろし君《くん》のメガネだった。

「ああ……ありがとうございます」

ひろし君《くん》は受《う》けとったメガネをすぐにはめた。

「戸棚《とだな》にかくれたあとはどうしていたのですか?」

ひろし君《くん》は質問《しつもん》を続《つづ》けた。やはり、メガネをかけた姿《すがた》のほうがしっくりくる。

「時間《じかん》が経《た》って、ようやく気持《きも》ちが落《お》ち着《つ》き始《はじ》めたら、今度《こんど》はみんなのことが心配《しんぱい》になってきて。だから、戸棚《とだな》をぬけ出《だ》してここへもどってきたの」

ぼくたちが給食室《きゅうしょくしつ》へやって来《き》たとき、先生《せんせい》は戸棚《とだな》の中《なか》にかくれていたけれど、耳《みみ》をふさいでいたことでぼくたちには気《き》づかなかった。ぼくたちが図工室《ずこうしつ》へ移動《いどう》したあとに、先生《せんせい》は戸棚《とだな》からぬけ出《だ》してここまでもどってきた。先生《せんせい》の話《はなし》を信《しん》じるとしたら、そういうことになる。一応《いちおう》、つじつまは合《あ》っているようだ。

「先生《せんせい》はこの学校《がっこう》の生徒《せいと》だったんだよな?」

踊《おど》り場《ば》から卓郎君《たくろうくん》がいった。ずいぶんと乱暴《らんぼう》な口調《くちょう》になっている。

「え? どうして知《し》ってるの?」

先生《せんせい》はおどろきの様相《ようそう》を示《しめ》した。

「図工室《ずこうしつ》に置《お》いてあった創立五十周年記念《そうりつごじっしゅうねんきねん》の本《ほん》に、子供《こども》の頃《ころ》の先生《せんせい》が写《うつ》っていましたので」

卓郎君《たくろうくん》ではなくひろし君《くん》が答《こた》えた。

「どうして、そのことを俺《おれ》たちにだまってたんだよ?」

「だって……田舎者《いなかもの》だと思《おも》われたくなかったんだもの」

顔《かお》を赤《あか》らめ、先生《せんせい》は恥《は》ずかしそうにいった。

「……もう。こんな話《はなし》はどうだっていいでしょう？」

照《て》れかくしなのか、いきなりしゃがみこんで、ぼくのからだをぎゅっと抱《だ》きしめる。

先生《せんせい》のその姿《すがた》を目《め》にしたとたん、それまでぴりぴりと張《は》りつめていた空気《くうき》が一気《いっき》にゆるむのがわかった。

そうだよ、どうして気《き》づかなかったんだろう？

バカな自分《じぶん》に対《たい》して、ぼくは悪態《あくたい》をついた。

もし先生《せんせい》が怪物《かいぶつ》であるなら、ぼくを抱《だ》きしめようとするはずがない。

それを見《み》てみんなも気《き》づいたのだろう。

「そうだよ、バカバカしい。そんなわけないじゃん」

美香《みか》ちゃんが階段《かいだん》をかけ下《お》りてくる。

「だれよ？　先生《せんせい》がブルーベリー色《いろ》の巨人《きょじん》なんじゃないかなんていったヤツは？」

その声《こえ》ははずんでいた。

「早《はや》く行《い》こうよ。ゴールはすぐそこなんだから。もたもたしていたら、今度《こんど》こそ本当《ほんとう》に怪物《かいぶつ》が来《き》ちゃうかもしれない」

そう口《くち》にして、地下室《ちかしつ》への階段《かいだん》をかけ下《お》りていく。

「なに？　どういうこと？」

ハルナ先生《せんせい》はきょとんとした顔《かお》つきでぼくたちを見回《みまわ》した。

「まさかあなたたち、先生《せんせい》を疑《うたが》っていたの？」

「だって、ウサギをにらみつける顔《かお》がものすごくこわかったし」

最後《さいご》に階段《かいだん》から下《お》りてきたたけし君《くん》が、頭《あたま》をかきながらいった。

「なんで、あんなこわい顔《かお》でウサギをにらみつけていたのさ？」

「ああ、それは……」

先生《せんせい》の表情《ひょうじょう》に影《かげ》がさした。

「こんな話《はなし》をしたって笑《わら》われるだけかもしれないけど……あのウサギ、そっくりなの。二十年《にじゅうねん》前《まえ》、この学校《がっこう》で飼《か》われていたウサギに」

「そっくりって……ウサギなんてみんな同《おな》じような顔《かお》だろ？」

「ううん。似《に》てるとかじゃなくてまったく同《おな》じだったの。あの頃《ころ》、毎日世話《まいにちせわ》をしていたからよく覚《おぼ》えているわ。半分《はんぶん》ちぎれた右耳《みぎみみ》、にらまれると脚《あし》をぺろぺろとなめ始《はじ》めるクセ。……でも同《おな》じウサギなわけないよね。ウサギの寿命《じゅみょう》は六《ろく》、七年《しちねん》。二十年《にじゅうねん》も生《い》き続《つづ》けるわけないんだから」

——ボクたちみんな、友達《ともだち》だったんだからさ。

——あんなふうになる前《まえ》は、俺《おれ》たちすごく仲《なか》がよかったのにな……。

音楽室《おんがくしつ》の兄弟《きょうだい》の言葉《ことば》がよみがえる。もしかして、ふたりと仲《なか》のよかった子《こ》というのは……。

「あ、ウサギ！」

地下室《ちかしつ》から美香《みか》ちゃんの声《こえ》が聞《き》こえた。

「こんなところにいたの？　こっちへおいで」

卓郎君《たくろうくん》とたけし君《くん》が顔《かお》を見合《みあ》わせた。

「美香《みか》、ダメだ！　そいつに近《ちか》づくな！」

卓郎君《たくろうくん》は勢《いきお》いよく床《ゆか》をけって、地下室《ちかしつ》へと飛《と》びこんだ。

「きゃあああああっ！」

美香《みか》ちゃんの悲鳴《ひめい》があたりにひびきわたる。

美香《みか》ちゃんが危《あぶ》ない！

ぼくも卓郎君《たくろうくん》のあとに続《つづ》いた。

地下室《ちかしつ》の中《なか》は暗《くら》かったが、明《あ》かりとりの窓《まど》から射《さ》しこむ光《ひかり》でかろうじて周囲《しゅうい》の様子《ようす》はわかった。

地下室《ちかしつ》の真《ま》ん中《なか》には美香《みか》ちゃんが座《すわ》りこんでいた。美香《みか》ちゃんの目《め》の前《まえ》には怪物《かいぶつ》が立《た》っている。怪物《かいぶつ》は牙《きば》をむき出《だ》しにして、今《いま》まさに美香《みか》ちゃんにおそいかかろうとするところだった。

卓郎君《たくろうくん》が手《て》すりをのりこえて、階段《かいだん》から飛《と》び下《お》りる。ぼくは高《たか》くジャンプして怪物《かいぶつ》に飛《と》びかか

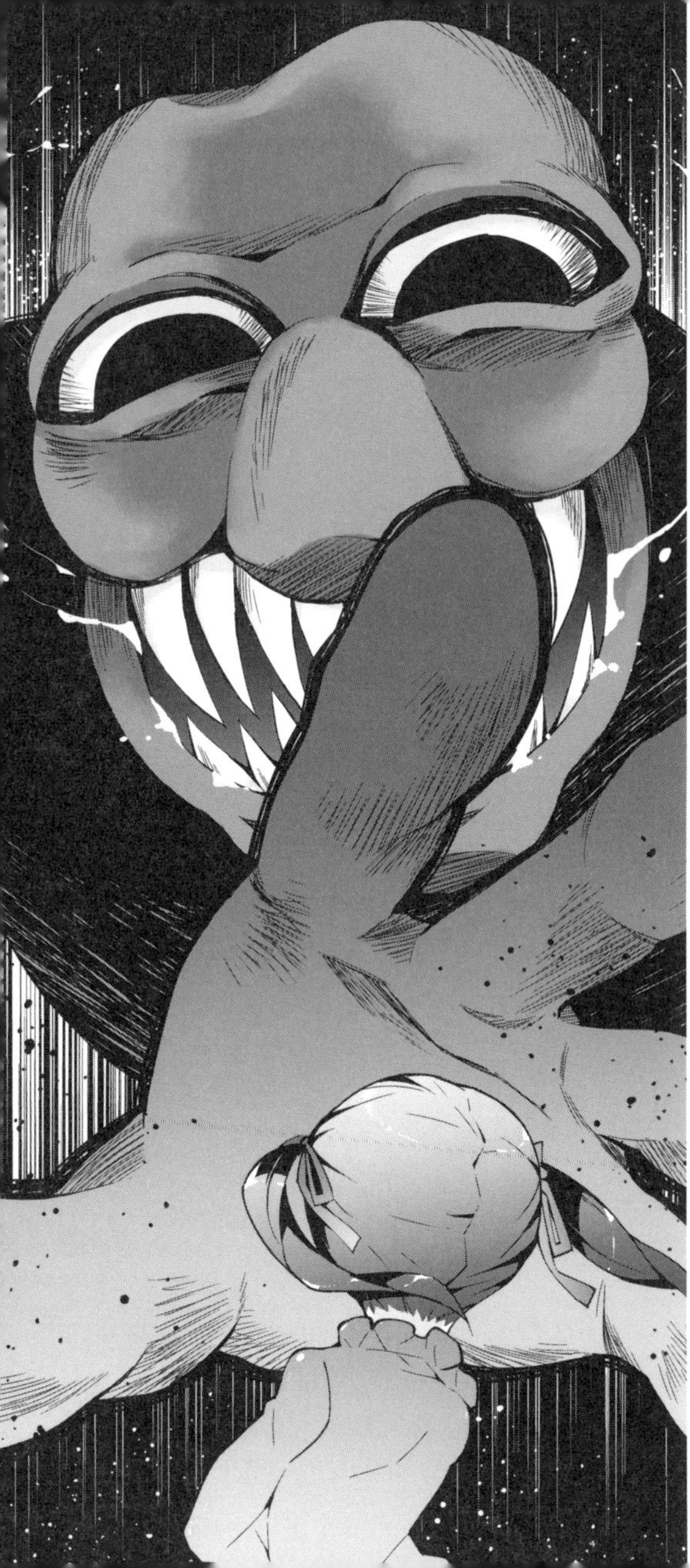

った。

怪物《かいぶつ》の左手《ひだりて》が美香《みか》ちゃんのからだにのびる。

ダメだ。あと少《すこ》しのところで間《ま》に合《あ》いそうにない。

どうすればいい？

お願《ねが》い、助《たす》けて！

神様《かみさま》においのりをした次《つぎ》の瞬間《しゅんかん》、怪物《かいぶつ》に異変《いへん》が起《お》こった。

……え？

怪物《かいぶつ》は突然《とつぜん》、動《うご》きを止《と》めた。しゃっくりに似《に》た声《こえ》をあげ、ぐらりとバランスをくずす。

「うそだろ……」

ぼうぜんとした卓郎君《たくろうくん》の顔《かお》が視界《しかい》に飛《と》びこんでくる。

怪物《かいぶつ》はあおむけにひっくり返《かえ》り、そのまま動《うご》かなくなってしまった。

「どうやらうまくいったみたいですね」

階段《かいだん》をゆっくりと下《お》りながら、ひろし君《くん》がいった。

「……これは一体《いったい》、どういうことなの？」

ハルナ先生《せんせい》がかすれた声《こえ》でたずねる。

「おい、ひろし。どういうことなんだよ？」

卓郎君《たくろうくん》も同《おな》じ質問《しつもん》を投《な》げかけた。

「先《さき》ほど、給食室《きゅうしょくしつ》でウサギと出会《であ》ったとき、のどがかわいているみたいだったから水《みず》をあげたでしょう？　あれ、実《じつ》は水《みず》ではなくて箱《はこ》の中《なか》に入《はい》っていた料理酒《りょうりしゅ》だったのです」

「え？　おまえ、なんでそんなかわいそうなことを……」

「なんでって……あのウサギが怪《あや》しいことはすでにわかっていましたから」

ひろし君《くん》はしれっとした顔《かお》で、だれも予想《よそう》していなかったことを口《くち》にした。

「どうして？　いつわかったの？」

あっけにとられた表情《ひょうじょう》で、先生《せんせい》がたずねる。

「図工室《ずこうしつ》の箱《はこ》を開《あ》けたときです。箱《はこ》の中《なか》にはカギともうひとつ——銀色《ぎんいろ》の絵《え》の具《ぐ》が入《はい》っていました。それでようやく気《き》づいたのです」

「気《き》づいたってなにを？　俺《おれ》にはさっぱりわかんねえぞ」

「この落書《らくが》きの意味《いみ》ですよ」

階段横《かいだんよこ》にえがかれた絵《え》を指差《ゆびさ》して、ひろし君《くん》は続《つづ》けた。

「ここにえがかれているイラストは地下室《ちかしつ》、給食室《きゅうしょくしつ》、図工室《ずこうしつ》に置《お》かれていた黒《くろ》い箱《はこ》のシールと同《おな》じものです。三日月《みかづき》の箱《はこ》には魚釣《さかなつ》りで使《つか》うウキが、星形《ほしがた》の箱《はこ》には料理酒《りょうりしゅ》、そして太陽《たいよう》の箱《はこ》には銀色《ぎんいろ》の絵《え》の具《ぐ》が入《はい》っていました。この落書《らくが》きには、それぞれのマークの下《した》に丸《まる》がふたつえがかれています。ここにひらがなをひとつずつあてはめていったらどうなるでしょう？　三日月《みかづき》マークの下《した》の二文字《にもじ》は〈うき〉、星《ほし》マークの下《した》は〈さけ〉、太陽《たいよう》マークの下《した》は〈ぎん〉――」

〈ウサギ、危険《きけん》〉のメッセージがうかび上《あ》がる。

　コウジ君《くん》たちはぼくたちにそのことを教《おし》えようと、壁《かべ》にこのパズルを書《か》き加《くわ》え、箱《はこ》の中《なか》にウキや料理酒《りょうりしゅ》を入《い》れておいたのだろう。最初《さいしょ》から〈ウサギ、危険《きけん》〉とメッセージを残《のこ》せば、怪物《かいぶつ》に気《き》づかれて消《け》されてしまうかもしれない。だ

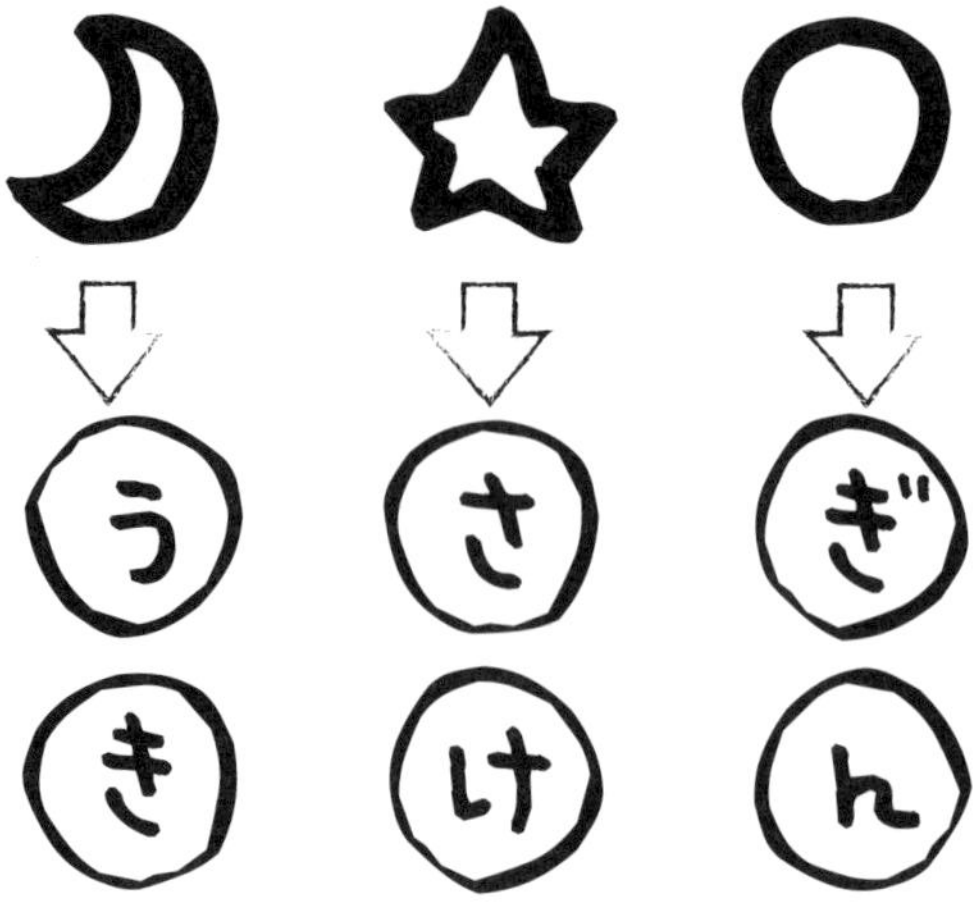

から、こんな回《まわ》りくどい方法《ほうほう》をとったのだ。

あおむけで寝転《ねころ》がった怪物《かいぶつ》のからだが急速《きゅうそく》に縮《ちぢ》み、ウサギの姿《すがた》へともどっていく。

「……もう大丈夫《だいじょうぶ》だよな？」

階段《かいだん》の上《うえ》からたけし君《くん》がこちらをのぞきこんでそういった。

気持《きも》ちよさそうにぴすぴすと寝息《ねいき》をたててねむるウサギの横《よこ》を通《とお》りぬけ、ぼくたちは地下牢《ちかろう》のドアへと急《いそ》いだ。

図工室《ずこうしつ》で見《み》つけたカギを差《さ》しこむと、ドアはあっけなく開《ひら》いた。石《いし》づくりの階段《かいだん》をのぼって外《そと》に出《で》る。

あたりはすっかり日《ひ》が暮《く》れていた。卓郎君《たくろうくん》と美香《みか》ちゃんを心配《しんぱい》そうに探《さが》す声《こえ》がすぐ近《ちか》くから聞《き》こえてくる。

みんなはおたがいに顔《かお》を見合《みあ》わせ、ため息《いき》をついた。

「俺《おれ》たち、このあとまちがいなく大目玉《おおめだま》をくらうだろうな」

卓郎君《たくろうくん》が首《くび》をすくめる。

「仕方《しかた》ないよ。勝手《かって》にぬけ出《だ》してきたのは事実《じじつ》だもん」

美香《みか》ちゃんはあきらめたようにいった。これぞまさしく〈身《み》から出《で》たサビ〉。ひろし君《くん》のかるたをながめているうちに、ぼくもかなりことわざにくわしくなったみたいだ。

「先生《せんせい》もいっしょに謝《あやま》ってあげるわ。それで……あなたたち、どこまで話《はな》すつもり？」

ハルナ先生《せんせい》が卓郎君《たくろうくん》と美香《みか》ちゃんにたずねる。

「怪物《かいぶつ》のことは……話《はな》したところで信《しん》じてもらえないだろうな」

「いいよね、なにも知《し》らない人《ひと》たちは気楽《きらく》でさ」

これはなんだっけ？〈知《し》らぬが仏《ほとけ》〉？


「あ――」

たけし君《くん》が上空《じょうくう》を指差《ゆびさ》した。

二階《にかい》の窓《まど》から現《あらわ》れた青《あお》いひとだまが、校舎《こうしゃ》の周《まわ》りをふわふわとただよっている。

ひとだまはじっとぼくたちのことを見《み》ているようだった。

やがて、それは風《かぜ》に乗《の》って夜空《よぞら》のかなたへと姿《すがた》を消《け》してしまった。

「あのひとだまは結局《けっきょく》、なんだったのでしょう？」

ひろし君《くん》がぼそりとつぶやく。

「おまえにもわからないことがあるんだな」

卓郎君《たくろうくん》が茶化《ちゃか》すようにいった。

「当然《とうぜん》です。この世《よ》の中《なか》はわからないことばかりですよ。たとえば、僕《ぼく》たちをおそって地下牢《ちかろう》へ閉《と》じこめたのはだれだったのか？　とか」

そうだ。怪物《かいぶつ》のことばかり気《き》になってすっかり忘《わす》れていたが、ぼくたちは全員《ぜんいん》、何者《なにもの》かにおそわれて地下室《ちかしつ》へと運《はこ》ばれたのだ。ぼくの口《くち》をふさいだあの手《て》はまちがいなく人間《にんげん》のものだった。怪物《かいぶつ》ではない。

一体《いったい》、だれがそんなことをしたのだろう？

木《き》の枝《えだ》が音《おと》を立《た》ててゆれ動《うご》く。

てっきり風《かぜ》の仕業《しわざ》だろうと思《おも》ったが、実際《じっさい》はちがっていた。

それを知《し》るのはまだ先《さき》の話《はなし》だ。

ぼくたちは知《し》らなかった。

このとき、闇《やみ》の中《なか》からこちらを見《み》つめる怪《あや》しい人影《ひとかげ》が存在《そんざい》したことに――。

ひろしによる

なぞの解説《かいせつ》

95ページのなぞ

まず、〈(な)=7〉に注目《ちゅうもく》してみてください。(な)=なな。丸《まる》で囲《かこ》まれた文字《もじ》を二回《にかい》繰《く》り返《かえ》していますよね。では、ほかのヒントも丸《まる》の中《なか》の文字《もじ》を二回《にかい》繰《く》り返《かえ》したらどうなるでしょうか？

まま=はは（ママ=母《はは》）
ぱぱ=ちち（パパ=父《ちち》）
ごご=PM《ピーエム》（午後《ごご》=PM《ピーエム》）
しし=ライオン（獅子《しし》=ライオン）

これで、もうおわかりですね。同《おな》じ文字《もじ》を二回《にかい》繰《く》り返《かえ》すからだの部位《ぶい》はどこでしょう？

みみ（耳《みみ》）、ほほ（頬《ほほ》）、もも（腿《もも》）に札《ふだ》をはめこめばOK《オーケー》というわけです。

158ページのなぞ

図《ず》をよく見《み》てください。ひらがなに+《プラス》や一《マイナス》をつなぎ合《あ》わせると、ちがうひらがなになります。正解《せいかい》は〈ほうせき〉です。

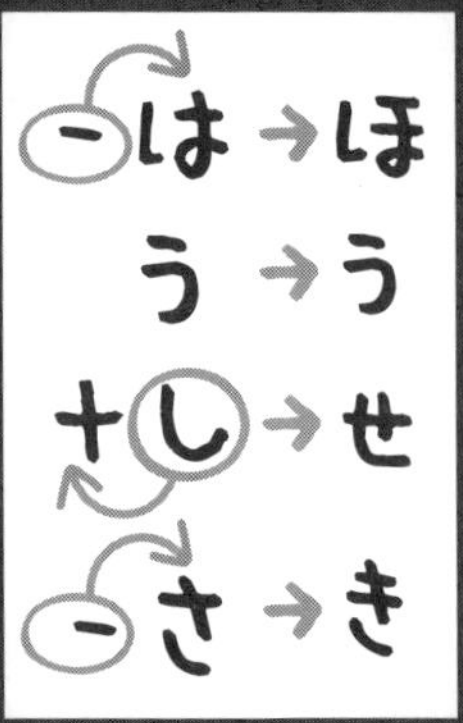

172ページのなぞ

使《つか》われていない文字《もじ》〈き〉〈け〉〈そ〉〈た〉〈て〉〈を〉を六《ろっ》カ所《しょ》の空欄《くうらん》に入《い》れて、意味《いみ》のある言葉《ことば》を作《つく》ってみましょう。すると、〈けをそ「っ」てきた〉という文章《ぶんしょう》が完成《かんせい》します。毛《け》をそってきたお姉様《ねえさま》。つまり、尼《あま》さんのイラストがえがかれた一番右側《いちばんみぎがわ》のボタンが正解《せいかい》です。

すべてのかなを一回《いっかい》ずつ使《つか》って作《つく》られたオリジナルのいろは歌《うた》を、ぜひみなさんも作《つく》ってみてください。面白《おもしろ》いものができあがったら、僕《ぼく》に教《おし》えてもらえるとうれしいです。

廃校《はいこう》(碧《へき》奥《お》小学校《しょうがっこう》)の
見《み》取《と》り図《ず》

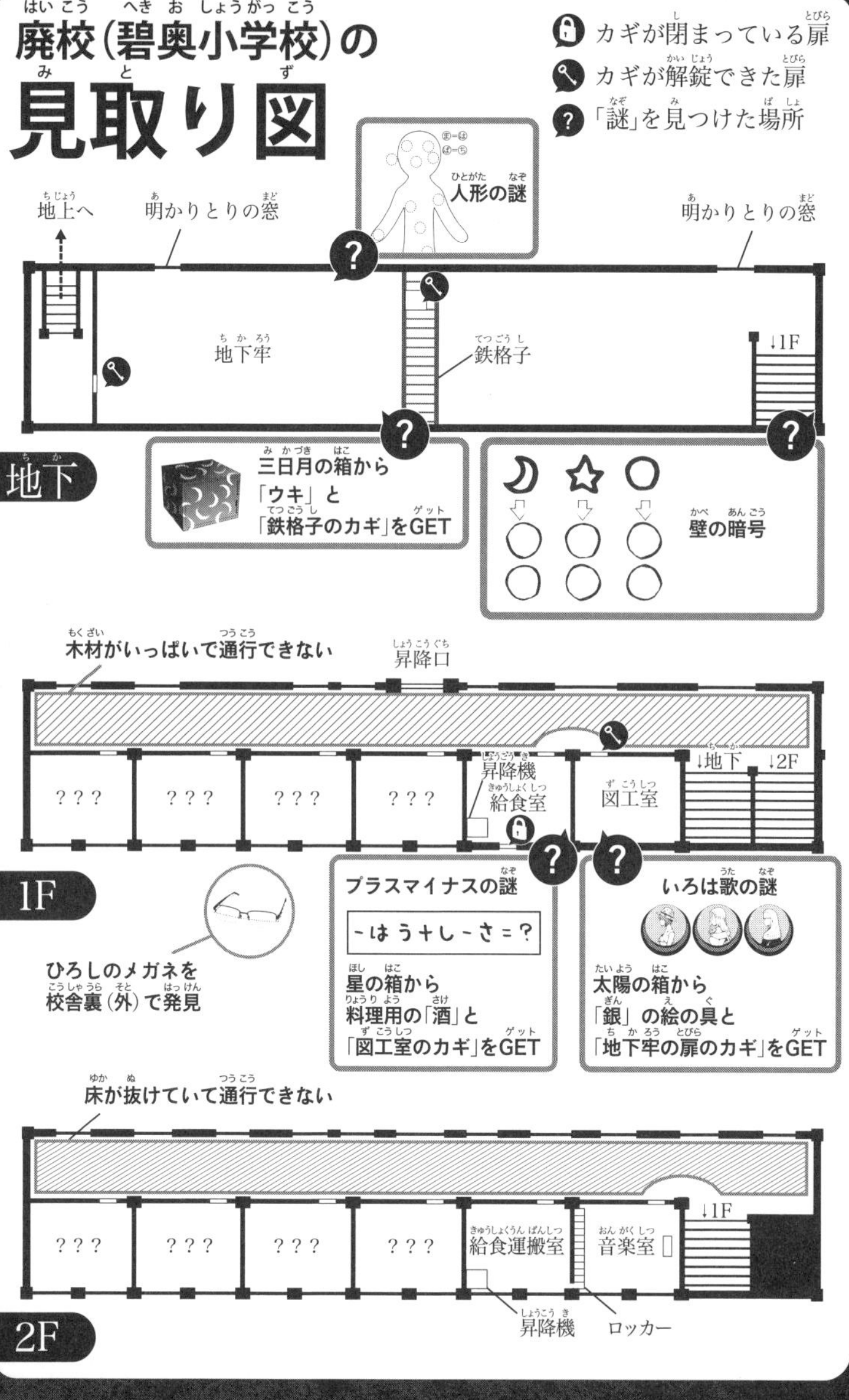

PHPジュニアノベル　の-1-2

●原作／noprops（ノプロプス）
『青鬼』の原作者であるゲーム制作者。PRGツクールXPで制作されたゲーム『青鬼』は、予想できない展開、ユニークな謎解き、恐怖感をあおるBGMなどゲーム性の高さが話題となり、ネットを中心に爆発的な人気を博した。『青鬼』制作以降も、多数の謎解きゲームを手掛けており、精力的に活動している。

●著／黒田研二（くろだ・けんじ）
作家。2000年に執筆した『ウェディング・ドレス』で第16回目メフィスト賞を受賞しデビュー。近年は『逆転裁判』『逆転検事』のコミカライズやノベライズ、『真かまいたちの夜　11人目の訪問者』のメインシナリオなどゲーム関連の仕事も多数手掛けているほか、漫画『青鬼　元始編』（KADOKAWA）では、構成も担当した。

●イラスト／鈴羅木かりん（すずらぎ・かりん）
漫画家。「ガンガンパワード」及び「月刊ガンガンJOKER」にて人気コミック『ひぐらしのなく頃に』の「鬼隠し編」「罪滅し編」「祭囃し編」「賽殺し編」4編に加えて、漫画『青鬼　元始編』（KADOKAWA）でも執筆を担当。かわいい絵柄から恐怖描写まで、真に迫った圧倒的な表情の描き分けに定評がある。

●デザイン
株式会社サンプラント
東郷猛

●組版
株式会社RUHIA

●プロデュース
小野くるみ（PHP研究所）

青鬼《あおおに》　廃校《はいこう》の亡霊《ぼうれい》

2018年7月23日　第1版第1刷発行
2018年12月24日　第1版第3刷発行

原　作　noprops
著　者　黒田研二
イラスト　鈴羅木かりん
発行者　後藤淳一
発行所　株式会社PHP研究所
東京本部　〒135-8137 江東区豊洲5-6-52
児童書出版部　TEL 03-3520-9635（編集）
普及部　TEL 03-3520-9630（販売）
京都本部　〒601-8411 京都市南区西九条北ノ内町11
PHP INTERFACE　https://www.php.co.jp/
印刷所・製本所　図書印刷株式会社

ISBN978-4-569-78779-4

NDC913　207P　18cm